林芙美子が見た大東亜戦争

宮田俊行

『放浪記』の作家は、なぜ
「南京大虐殺」を書かなかったのか

ハート出版

林芙美子が見た大東亜戦争

はじめに——一次史料の重要性

『放浪記』で知られる作家・林芙美子は、昭和一二（一九三七）年一二月二七日、長崎から船に乗って中華民国の首都・南京に向け旅立った。東京日日新聞・大阪毎日新聞（両紙がのちの毎日新聞）の特派員として、二週間前の一三日に陥落したばかりの現地を取材するためだ。

翌二八日上海に着くと、三〇日陸路で南京に向かい、三四歳の誕生日を迎えた大みそかに「女性の南京一番乗り」を果たす。その後、明けて一三年一月三日まで滞在している。

いわゆる「南京大虐殺」の定義はいろいろあろうが、月刊「正論」編集部によると、「旧日本軍が中国の当時の首都・南京を占領した昭和十二年十二月から翌年初めにかけて、多くの中国軍捕虜や市民を虐殺した――と宣伝された事件」である（『別冊正論』26）。

つまり林芙美子は、まさにその真っただ中にいたわけだ。

南京市内に三泊、前後に露営を一泊ずつ、計五泊六日の南京行である。〝大事件〟を目撃するには十分な時間だ。

ところが、帰国後わずか半年で刊行した『私の昆虫記』に収めた一連の南京従軍記には、一言の虐殺行為も出てこない。日本軍の〝蛮行〟を暗示したり、うかがわせることさえ、何も出てこない。

南京市は城壁で囲まれている。城内の面積は四〇平方キロメートル。

東京二三区で六番目の江東区が四〇・二平方キロメートル、市では那覇市が三九・九八平方キロメートル（県庁所在地の中で飛び抜けて狭い）で、ほぼ同じ広さだ。

こんな狭い所で何十万人規模の大虐殺が行われていれば、滞在していた林芙美子が気づかないはずがない。しかも新聞記者やカメラマンと行動を共にし、いつでも情報は真っ先に入る立場にいた。

ところが、繰り返すが、彼女は何らの虐殺行為も記録していない。

なぜか。

虐殺などなかったからだろう。このことについては、第八章で詳しく見ていく。

ご存じのように、「南京大虐殺」はすでにデリケートな問題になっている。滞日五〇年に及ぶイギリス人記者ヘンリー・S・ストークス氏は、戦後、戦勝国の都合で作り上げられた「日本悪玉論」を断罪し、南京事件や慰安婦問題、靖國参拝について日本を擁護している。そんな氏でさえ、今や日本の外では南京事件を否定することができないと警告する。

「いま国際社会で『南京大虐殺はなかった』と言えば、もうその人は相手にされない。ナチスのガス室を否定する人と同列に扱われることになる。残念ながら、これは厳粛なる事実だ」(『英国人記者が見た連合国戦勝史観の虚妄』祥伝社新書)

だから「あきらめろ」という話ではもちろん、ない。「だから慎重であらねばならない」が、日本は相手に阿諛追従《あゆついしょう》する必要はない。こうなったのは、日本がこれまで謀略宣伝《プロパガンダ》に抗議し、糺《ただ》す努力を怠ってきたからだ。日本は日本の立場で、世界に向けて訴え続けていかなければならない。慎重かつ堂々と主張せよ、ということだ。

さらに、懸案のほとんどは、日本人の側から中国や韓国にけしかけたのが事実であり、その問題(つまり反日日本人の問題)をどうするか、日本人は考えなければならないとストークス氏は指摘する。

筆者が林芙美子を取り上げる理由は、その南京従軍記が一次史料であることに尽きる。〃南京事件〃とて、もう八〇年以上前の「歴史」なのだ。

歴史学者の谷口研語氏によると、「ある事件や人物と同時代に生きた人が作成したもの」が一次史料である（『歴史街道』二〇一八年六月号）。太田牛一の「信長公記」や、ルイス・フロイスの「日本史」などが、これに当たる。

では、一次史料がどうして重要なのか。

「後世成立の著述・編纂物〔注：二次史料〕には、多かれ少なかれ作者の意図的な潤色・操作・捏造が含まれている。あるいは、まるっきりの創作という可能性だってある」からだ。

もちろん、一次史料にも〃危ないもの〃はある。

①偽造された文書②文書の偽造ではないが、文書の内容が偽り③噂や伝聞——である。

しかし、「以上のような問題点はあっても、一次史料と二次史料では史料的価値の次元が違うのであり、二次史料による通説を一次史料によって否定することは可能だが、その逆はない」（谷口氏）のである。

つまり、戦後の東京裁判史観（二次史料による通説）を林芙美子の南京従軍記（一次史料）によって否定することは可能だが、その逆はない。林芙美子が南京の現場にいながら虐殺を書いていないからといって、東京裁判史観に照らして「それは嘘だ。見たはずなのに嘘をついている」と言うことはできないのだ。

東京裁判史観ともう一つ、ＷＧＩＰ（War Guilt Information Program）についても近年、広く知られるようになった。

これは、終戦直後からアメリカによって行われた「戦争についての罪悪感を日本人の心に植えつけるための宣伝計画」である。

文芸評論家の江藤淳氏が『閉された言語空間　占領軍の検閲と戦後日本』（一九八九年、文藝春秋）で初めて指摘したものだが、関野通夫氏が『日本人を狂わせた洗脳工作　いまなお続く占領軍の心理作戦』（二〇一五年、自由社ブックレット）で再検証してから注目されるようになった。

東京裁判にしろＷＧＩＰにしろ、どんなに論争を繰り返そうと、お互いが凝り固まった歴史観に基づいて主張しているから、解決や歩み寄りの余地はない。相手は、論破されてたまるかと思っているのだから。

だからこそ、最も重要で価値があるのは、後世の「意図的な潤色・操作・捏造」や「創作」のない、一次史料だ。特定の史観が生まれる以前の、何ものにも影響されていない史料だ。このことはいくら強調しても、し過ぎることはない。

林芙美子は、昭和五（一九三〇）年から一八（一九四三）年にかけて、北は樺太から、朝鮮、満州、支那、台湾、仏印、南は蘭印まで、驚くべき範囲を旅している。その範囲は、いわゆる大東亜共栄圏とぴったり重なる。

林芙美子ほど〝戦線〟を広く踏破した作家はいないし、おそらく軍人やジャーナリストにさえいないだろう。幸い、作家だから多くの記録を同時に残している。この足跡を検証しないのは実にもったいない。

ところが、従来の林芙美子研究には大きな弱点、空白があった。

戦後、芙美子は「戦争協力作家」という烙印を押された。その批判に遠慮して、あるいは研究者自身の自虐史観から、林芙美子と大東亜戦争の関わりの部分は、見て見ぬふりをして避けてきたのだ。

これは、宝の山が手つかずに目の前にあるようなものだ。

なにしろ、林芙美子が当時書いたものは、後世の「東京裁判史観」とは何ら関係のない「一次史料」だから、読むだけで面白い。また、どんな戦争の概説書よりも、とっつきやすいし読みやすい。それがそのまま、大東亜戦争とは何だったのかを知り、考える機会になる。

さあ、宝の山＝生の史料に分け入っていこう。結果から遡らないようにしよう。きっと、いろんなことが分かってくる。

まずは昭和五年一月の台湾行きから始める。

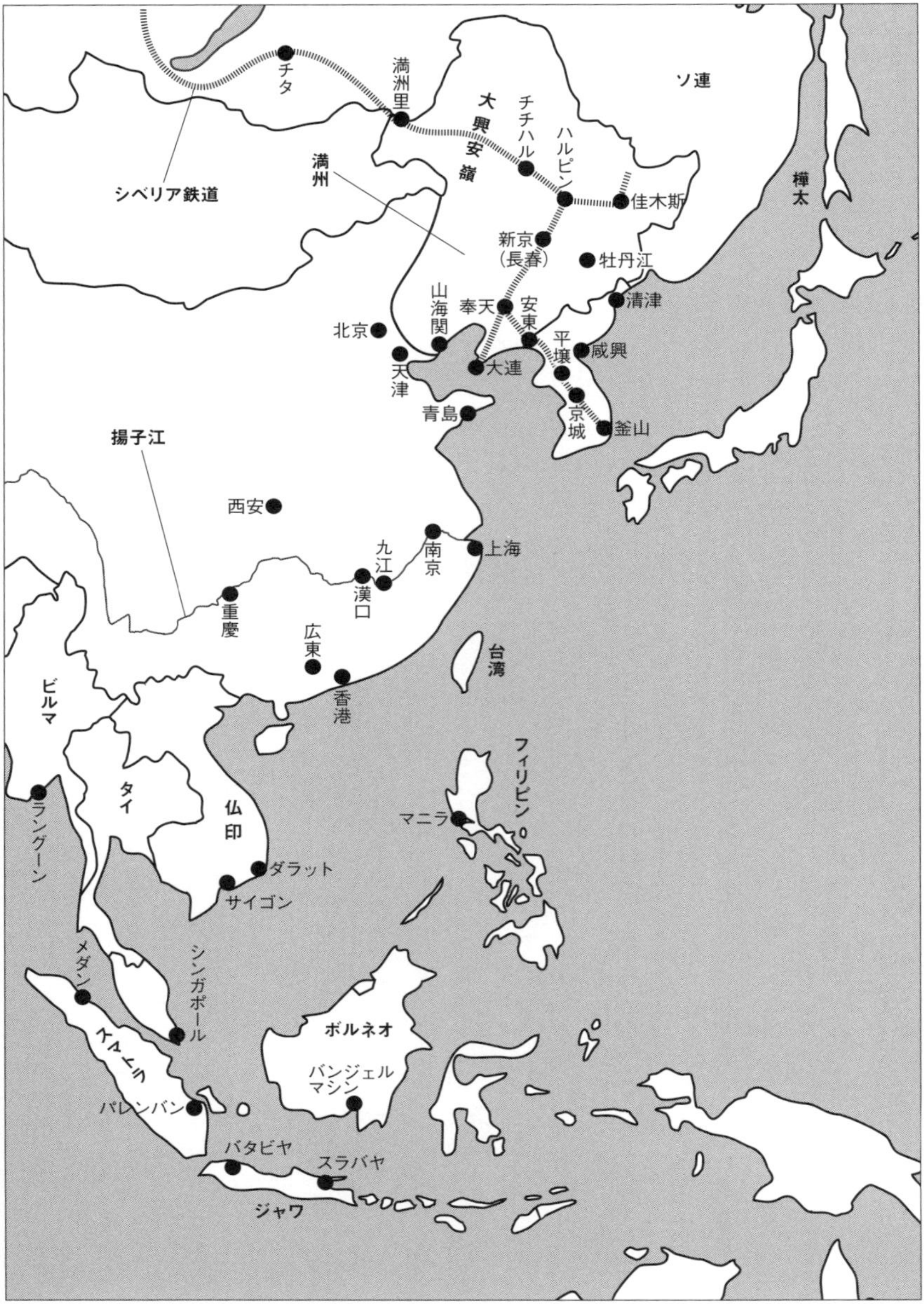

ソ連
チタ
満洲里
大興安嶺
チチハル
ハルピン
シベリア鉄道
満州
佳木斯
樺太
新京（長春）
牡丹江
山海関
奉天
安東
清津
北京
平壌
咸興
天津
大連
青島
京城
釜山
揚子江
西安
九江
南京
上海
漢口
重慶
広東
台湾
香港
ビルマ
フィリピン
タイ
仏印
ラングーン
マニラ
ダラット
サイゴン
メダン
シンガポール
ボルネオ
スマトラ
バンジェルマシン
パレンバン
バタビヤ
スラバヤ
ジャワ

林芙美子が見た大東亜戦争

もくじ

第一章　台湾、中国、二六歳の旅

「植民地」に悪い意味はなかった

林芙美子は昭和五年一月、台湾を訪れた。初めての海外旅行である。その様子を、旅行後の三月に発表した「台湾を旅して」（『女人芸術』）と「台湾風景—フォルモサ縦断記〔注1〕」（『改造』）によって見ていこう。

〔注1〕フォルモサはポルトガル語で「美しい島」。台湾のこと。

芙美子は、北から基隆、台北、新竹、台中、嘉義、台南、高雄、屏東と島を縦断した。

三週間かけても「急テンポ」だったというのだから、今とは旅にかける（かかる）時間が違う。船も四日かかったという。

前年、長谷川時雨《しぐれ》主宰の『女人芸術』に連載した「放浪記」が評判になり、総合雑誌『改造』の編集者から声がかかって、四年一〇月号に「九州炭鉱街放浪記」を発表してメジャーデビューを果たしたばかり。まだ海のものとも山のものともつかない、二六歳の新進作家だが、婦人毎日新聞主催の婦人文化講演会の講師の一人に選ばれたのだ。

当時、台湾は日本領土だ。

敗戦までの日本領土とは、内地（本州、四国、九州、千島を含む北海道、沖縄）と、台湾、樺太、朝鮮である〔注2〕。このほか、租借地（関東州）、委任統治区域（南洋群島）、一部統治区域（南満州鉄道付属地）、南方占領地があった。

〔注2〕台湾は明治二八（一八九五）年の日清両国講和条約で、樺太は同三八年（一九〇五）日露講和条約で、朝鮮は同四三年（一九一〇）韓国併合ニ関スル条約で、それぞれ日本の正式な領土になっていた（百瀬孝『事典　昭和戦前期の日本』吉川弘文館＝以下「戦前事典」と略）。

このうち、台湾、樺太、朝鮮、関東州、南洋群島は、植民地ということになる（樺太は昭和一八年四月から内地に編入された）。「植民地」の定義は難しいが、諸説を踏まえて、新たに領土（またはこれに準ずる区域）となって、本国から政治的・経済的に統治されるところとする。

台湾に到着した芙美子は、当然のように「植民地」と呼ぶ。一月というのに暑く、生い茂る樹木に、「正に植民地植民地だ」。温泉に行くと「あまりにも植民地的温泉」「植民地における、楽な内地人達は、たいてい苦力《クーリー》をやとっていた」と、初めての植民地に興奮して、連発だ。

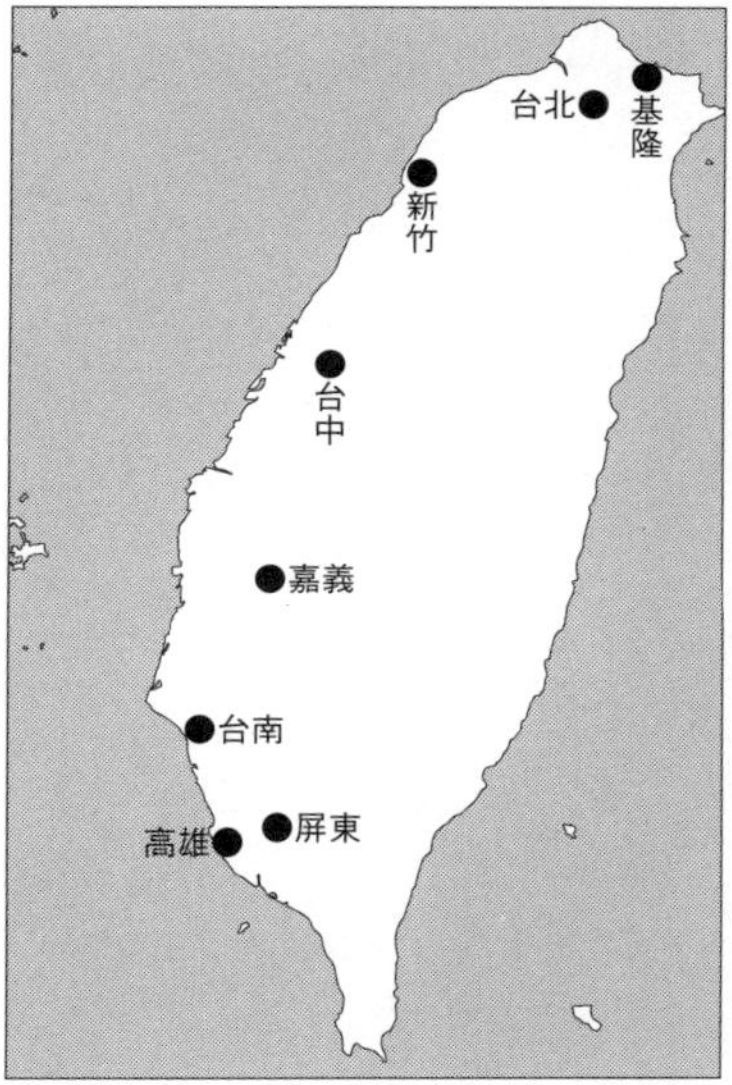

こうして「植民地」と書かれると、現代の我々はぎょっとしてしまう。それは「植民地支配によって多大の苦痛を与えた」（一九九五年の村山談話など）といった負のイメージが強いせいである。

だが、植民地という用語には本来、善悪・正邪の価値判断は含まれない。大正元年（一九一二年）発行の全国新聞東京聯合社編『日本植民地要覧』では、「植民地と云う文字が、非常にハイカラな文字になって響いて居る」「現代人に未だ耳新しい文字である」と書かれている。芙美子も、エキゾチックな熱帯地に対して気楽にこの言葉を使っている。

もちろん、「当時の国際法では植民地を持つことは合法的」（戦前事典）だったわけだが、欧米に至っては二一世紀の今もなお、たくさんの植民地（属領とも海外領土とも言う）を持っている。その中には、オリンピックやメジャーリーグ（ＭＬＢ）でもおなじみの地名が、いくつもあるのに気づくだろう〔注３〕。

〔注3〕【アメリカ】グアム、北マリアナ諸島、プエルトリコ、米領ヴァージン諸島（英領もあるため）、サモア、ウェーク島。【イギリス】ケイマン諸島、フォークランド諸島、セントヘレナ、ビトケアン諸島、アンギラ、モントセラト、タークス・カイコス諸島、英領ヴァージン諸島、ジブラルタル、バミューダ諸島。【フランス】グアドループ、マルティニーク、ギアナ、レユニオン、マヨット、ポリネシア、サンピエール島、ミクロン島、サン・マルタン島、サン・バルテルミー島、ニューカレドニア（ニューカレドニアは二〇一八年一一月四日、住民投票でフランスからの独立を否決した）、ウォリス・フツナ。【オランダ】アルバ、キュラソー、シント・マールテン。

芙美子の文章には「土人」も出てくる。台北の龍山寺で占う「若い土人の女達」。「土人の青年」「爆竹工場が弾けて、土人の女工さんが沢山死んだ話も聞いた」「土語が美しい」等々。

これも差別用語ではなかった。現代の国語辞典でも、「①その土地に生れてからずっと住んでいる人。土地の人。土着民。②未開の地に住んでいる人」（『新潮現代国語辞典』第二版）とある。戦前の小説等に普通に出てくることは、読書好きなら、よく知っていることだろう。

さて台北で、芙美子ら女性ばかり一〇人ほどの一行は、台湾総督府を訪ねる。植民地統治というと、凄まじい〝圧政〟というイメージを植え付けられているが、これも事実はまるで違う〔注4〕。

〔注4〕日本が最も非難されている朝鮮統治でさえ、欧米の「収奪型」植民地支配とは全く違うことが明らかにされている。「日本人がカネ、ヒト、モノを注ぎ込んで築き上げた水力発電（所）群や工場、鉱山の多くは、現在も稼働中で、貧弱な北（朝鮮）の産業基盤を支え続けている」（喜多由浩「日本は〝財布〟代わりになってはならない」『正論』平成三〇年八月号）

戦前事典によると、植民地官庁は一切の行政を処理する権限が与えられていた。植民地統治を担当する中央機関は改編に次ぐ改編で定まらず、昭和四（一九二九）年に拓務省が設置されてからも植民地官庁から「舐められ通し」だったという。日本ではなんと「中央において植民地政策を立案推進するところがなく、ましてや日本帝国主義の司令部と言いうるものはどこにも存在しなかった」のである。

「良妻賢母を説いて下さい」

台湾の石塚英蔵総督は一行に、「どうか皆さんの口から全島へ良妻賢母を説いて下さるように」と要望する。

芙美子は「果して台湾の有識婦人達、紳士諸君に、私の考えている良妻賢母が、カッサイを博すだろうか、私は何だか、役者違いのような気がして（出された）ハムもサラドも、逆戻りしそうに」なる。

台中では、地元の重要人物、林献堂《りんけんどう》に会っている。

「台湾民衆党を組織するところの、古い富豪、林献堂と云う人の家へ案内された。／正に夢の御殿、簪をさしたような、エメラルドグリンの屋根、広大な蛍域、池の中の踊殿、壁には詩書がさげてあった」

林獻堂は、板垣退助を担いだ台湾同化会に始まり、議会設置請願の台湾文化協会、台湾初の政党となる台湾民衆党を経て、台湾地方自治聯盟で活動した。日中開戦直後に台湾地方自治聯盟が解散すると、総督府への協力姿勢を強め、昭和二〇（一九四五）年四月には貴族院議員になったという人物である（加藤聖文『「大日本帝国」崩壊』中公新書）。

芙美子は林獻堂について、こんなことも記している。

「なお色々な人や街の風評を聞いた、あれはスパイだ、あれは民族運動者だ、私の頭は羅針が交錯してキリキリ舞いしそうだった」

台湾は当時、日本領となってすでに三五年だったが、まだまだ混沌とした土地だったようだ。芙美子は持ち前の行動力で歩き回る。「良妻賢母を説け」と言われると、あべこべの場所を見たくなるところが芙美子らしい。

大稲埕《タイチウテア》という市場の様子は、ショッキングだ。

「内地のどこにも見掛けられない、凄まじくも歴史的に汚れた所で、盗人市でも見ているように、すべてが混沌としている」。怪しげな物ばかり売っているが、かまわず進む。

「埃と垢と悪臭の貧民街だ。私は上奎府《じょうけいふ》の茶館で、ドロドロの焼蕎麦《やきそば》も食べた。溝板を鳴らして露路へはいると、切々たる胡弓の音、空には鰯雲の間から星が薄くこぼれている。／ここはルンペンの巣である。崩れかけた小屋の中には、豚と人間が住んでいた。入口には肥溜め、リイリラリ……燐のように輪を描いた燈火の下で、豚に背をつかれながら、ロオマン（ごろつき）が胡弓を弾いている。（略）灯《ひ》のつき初めた街へ出ると、塔俥《とうしゃ》に乗った娼婦が通る、停仔脚《ていしきゃく》の二階からも耳輪が雨のように長い妓達《こたち》が、夜の舗道を見ていた」

日本からも、夜の女たちが大勢、渡ってきている。

台北の淡水河に沿って、終日歩く。

「私が行き当ったのは、萬華女紅場《まんかじょこうじょう》、内地から出稼ぎ的に流れて来る娼婦の街区。演舞場のようなかまえの家もある。白い瞼《まぶた》に眉の美しい台湾娘が、赤い紙をべたべた貼った貸席の窓から、西瓜の種を投げていた。／淡水の流れには竹筏が一日のランマンたる風を孕み、堤防の小屋の中からは、若い娼婦がアア……咽《むせ》ぶような唄をうたっていた」（「台湾風景」）

「高雄の夜の花壇〔注：お座敷のことか〕では、台湾の小唄もならった」という。「三次という芸者が居た。同行の食通は、あれはミズテンですよと云う。ミズテンがあんなものなら、反逆的で、私には好ましい女であった」（「台湾を旅して」）。「不見転《みずてん》」とは、売色専門の芸者のことだ。

また、「嘉義は女の美しいのが流れて来るので有名なところである。妓楼が街の一角に船のように並んでいた。／夜はエキゾチックなほうずきのような街だ。ビンローの実で口を血のように染めた広東女が、島田に似た髪に結って、簪、簪、グロテスクな細い街衢《とおり》、呉服屋には人絹の布がギラギラ光って、娘達は支那白粉をウドンゲのように顔にふかせていた」（「台湾風景」）。

植民地には、何はさておき妓楼ができたような印象を受けるが、日本の公娼制度は鎌倉時代に始まり、一九五八年の売春防止法施行まで存在したことを、頭に入れておかなければならない。つまり「合法」だったのだ。

これだけいろいろ見ても、芙美子は不満だったようだ。

「何しろ旅は短日月、しかも団体行動、見たいところもカットして、八ヶ所の知事官邸と台湾料理、紳士シュク女諸君へは、良妻賢母の講演、台湾の暑さよりも、自分自身ののぼせにうだりそうであった」

講演会では「チャチな詩を読み、貧乏な漫談をこころみ」たとおどけている。

そして、一人でもう一度来たい、と心を残しながら台湾を後にする。

『放浪記』の印税で放浪

帰国した芙美子は、『女人芸術』での「放浪記」連載を続けたが、改造社から、「新鋭文学叢書」という一冊三〇銭のシリーズもの企画に急遽、「放浪記」を加えたいという話が舞い込む。

こうして、連載のうち一四回分を時系列順に並べ直して、単行本『放浪記』が、改造社から昭和五年七月に出版された。

これが売れた。二カ月で四〇版を重ねたという。

すると、八月中旬、この印税で早速、芙美子はまた日本を飛び出す。哈爾濱《ハルピン》、長春、奉天、撫順、金州、大連、青島、上海、南京、杭州、蘇州という大旅行である。

この中には先述した租借地（関東州）や一部統治区域（南満州鉄道付属地）が含まれており、芙美子は台湾に続いて、まるで日本の植民地巡りをするかのように旅をする〔注5〕。

〔注5〕一九〇五年の日露講和条約（ポーツマス条約）に基づいて、ロシアが一八九八年から二五年の期限で清国から租借していた関東州を、日本は引き継いだ。また、南満州鉄道（長春〜旅順）付属地の行政権を取得した。関東州については大正四（一九一五）年、期限を九九年間に延長した。

林芙美子は、雑誌から単行本にするとき大幅に改稿するのが常で、「哈爾濱散歩」も、『改造』発表時（昭5・10）と、昭和二二年の選集を基にした岩波文庫『林芙美子紀行集　下駄で歩いた巴里』では、かなり内容が異なる。両方を突き合わせて補うと分かる事実もあるので面白い。

処女作『放浪記』の大成功と、印税での旅行。

幸せの絶頂に思えるが、成功の次に一体どんな作品が書けるのか、芙美子の心中は実は穏やかではなかった。

「鋸で歯を刻むような、行き詰りを感じ、うんうん唸っていた内地での私が、地図の上でひろった支那のあの漠々と野放図もない広い面積を見ますと、ひょいとしたら、あんなに大きいのだから、片隅ぐらいこの小さな女にくれないともかぎらないと、不思議な秋夜の空想から、旅立ちをケツイし」（「哈爾濱散歩」）たのだった。

神戸の波止場から大阪商船の「うらる丸」に乗って数日、雨に濡れた大連の埠頭に着いた。おそらく、神戸を正午に出て翌早朝に門司着。門司を正午に出て船中二泊の後、朝九時に大連に着くという、三泊四日の行程だったろう。

大連で一泊し、翌朝、二等切符で長春（のちの満州国の首都・新京）へ。

「何町おきかに日本の守備兵が一人一人列車の窓から見えていましたが、内地の波止場でよく見た満州行きの兵隊さんが、こんな茫漠とした広い野原を背に、鉄道を守っている立派な姿は何か胸が熱くなります」

芙美子の兵隊さん好きは、もうこの時から始まっている。

夜更け、終点の長春に着く。日本の勢力範囲はここまでだ。

ソ連の東支鉄道に乗り換えて、ハルピンへ向かう。

「満鉄列車も内地のよりはるかに乗心地がよ」かったが、「東支鉄道列車、これはもうすばらしいものだ」。「国際列車に乗って、寝台室の横の細い廊下をコツコツ渡って行くと、遠くへ来たものだと思わざるを得ない」

翌日、ハルピン到着。帝政ロシアが造った、北満州の中心都市だ。

「駅には三々五々麗わしい華美な、ドレスを着た、いわゆるハルピンの露西亜女が、花のように群れていた」

無鉄砲な芙美子は宿も決めていない。

「ヤポンスキーマダム！」と呼びかけてきた運転手の車に乗って、「ヤポンスキーホテル！」と告げる。この、気合のロシア語ひとつで、日系の北満《ほくまん》ホテルに落ち着くのだ。

芙美子は国際都市ハルピンに一〇日余りも滞在した。

昭和五年版には「赤色系詩人（名前を失念した）」（原文ママ）に会ったと書いているが、一二年版では削除している。五年版とて、名前を忘れるはずがない。当局に憚《はばか》っただけだろう。他の人物は、ロシアの長い名前も正確に記している。

世界初の社会主義革命、ロシア革命（一九一七年）からまだわずか一三年。ハルピンは「白色系露人の避難民の街」つまり、革命から逃れたロシア人の街だと書きながら、対極の「赤色系」とわざわざ会ったのはなぜか。

それについては、別の紀行文「愉快なる地図―大陸への一人旅」（『女人芸術』昭5・11）を見てみよう。

「別にどんな意味もない、私も会いたかったし、向うも、露西亜新聞に出た私の記事を見て会いたいと云うし、急がしい思いをして、ユカイな気持ちで会った」と、えらく弁解がましく書いている。やはり「あいにく失念して」と氏名を隠している。「ロシヤへ帰っても重要なひと」「独身者、大変ふけて見える」という。

芙美子は大正一三（一九二四）年、二〇歳のときに、東京・本郷区の南天堂という店に集まっていたアナーキスト詩人たちと盛んに交流し、彼らから大きな影響を受けた。『放浪記』のアナーキーな雰囲気もそうだし、前年の昭和四年に出した処女詩集『蒼馬を見たり』は、タイトルからしてロシア革命時のテロリスト、ロープシンの小説『蒼ざめたる馬』（当時は青野季吉訳が読まれていた）を彷彿させる。どうしても赤色系詩人に直接会いたかったのだろう。

通訳を交えた会話も書いている。

「いったい、ソヴェートロシヤの文士や画家や、音楽家は、どう云う風な生活をしていますか？」

「みんな兵隊さんですよ、通信部、計画部、情報部、設計部、働く部署は広いですからね」

「なるほど、日本の文士たちもそうするとい丶ですね。青びょうたんが居なくなって、もっと早く××は来るでしょうからね」

「日本にはそんなに青びょうたんの文士ばかりですか？」

「え丶みんな青びょうたんですよ」

「ホウ……貴女はとても面白い」

「コロンタイ〔注6〕が、一時日本の若い人達をフウビしたのですが、お国でもそうでしたか」

「コロンタイ？　あれは政治家で文士ではない、あれ（赤い恋）は代作で、かなりロシヤでも代作問題でゴタゴタしました」

芙美子は日本の実力ある作家を問われて、親友でもある平林たい子の名を挙げている。

〔注6〕「ソ連の女性政治家。国家保護人民委員・スウェーデン大使など。女性問題、特に性問題について新しい見解を示し、批判された。小説『赤い恋』もある」（『広辞苑』第五版）

「哈爾濱散歩」に戻る。

興味深いことに芙美子は、この赤色系詩人に「貴女は大変一本筋で、矛盾を殺し得ない人ですね、矛盾と耳の垢は取った方がいいですよ」と助言されている。

どうやら、赤色系詩人に対して、堂々と共産主義の「矛盾」を指摘したようなのだ。どんな「矛盾」か。翌六年、シベリア鉄道に乗ってソ連に失望するのは後述するが、それをヒントに考えると、おそらく「平等を言いながら、実際には不平等だ」というようなことだろう。

寺院に行くと、白色系露人の墓は十字架で、赤色系のは赤い丸太ん棒が突きさしてあるきりだ。やはり〝赤色系〟はハルピンでは身を隠す必要があったようだ。

芙美子は精力的に人に会う。ザリヤ新聞（地元紙だろう）を発行するロシア人は日本びいきで、紙面の三分の一を芙美子に費やしたという。

「昨年の東支問題があってから、支那はかなりハルピンの権力をソヴェートから取りもどしています。日本人の街は、モストワヤ（埠頭区）あたりにあるのですが、大した勢力はありません。邦字新聞も三ツ四ツあるけれど、ここの新聞記者はなかなか勉強家が多い」

爆殺された父、張作霖から満州支配を継承した奉天軍閥の張学良は、前年の一九二九年、ソ連の影響力を北満州から駆逐しようと武力衝突した。その際に大敗したとされるが、芙美子の言によれば、ハルピンではそれなりに勢力を挽回したようだ。

芙美子は、ハルピン総領事の八木元八とも知り合った。のちの紀行「凍れる大地」（一九四〇年）での回想によると、素晴らしい領事館に、しばらく食客として置いてもらったという。また、八木が安東に移ってからも、官舎に泊めてもらっている（第二章を参照）。

なお、芙美子はこのときは「ハルピン」、のちには「ハルビン」と書いていて、他の人の文章を見ても両方の表記があるので、原文のままとして本書では統一しない。

「家賃さえ高くなかったら、とても住むにいい楽土だ」と感じつつ、芙美子はハルピンを離れ、来た道を戻る。

奉天駅に着いたのは夜の一〇時ごろ。宿引きに連れられてヤマトホテルに宿をとる。ヤマトホテルは南満州鉄道株式会社が経営する高級ホテルだ。「バス付五円」「天井から紗の円い蚊帳がさが」る美しい部屋に、旅費が心細くなっている芙美子は「少々ぜいたくすぎる」と悔やむ。

奉天では俥（人力車）で北陵見物に行く。清朝第二代皇帝・太宗の陵だ。清が万里の長城を越えて北京に入城するのは第三代のときだ（45ページ〔注2〕参照）。

途中、張学良の別荘を見る。

「三四日いらっしゃれば、何とか、紹介の労をとりますがと、領事館の方が云って下すったのですが、どうも中立軍張学良には興味がない」

この「中立軍」とは、北軍（北京政府）でも南軍（南京国民政府）でもないという意味だろう（38ページ参照）。会っていれば面白かったのにと、少々残念だ。

芙美子は北陵の美しさに感激する。「黄瓦朱壁の建築物が珍らしく、奥の寝陵には清の太宗文皇帝の寝園があった。一人でコツコツ石像の豹や獅子や、馬や、駱駝や象の間を歩いていると、胸がドキドキ鳴っているのが聞える」

芙美子は旅順までは行かなかったようだ。

「日露戦争の跡もみて来たかったが、小心者の私は、戦争があんまり好きじゃないので、旅順の二百三高地へは、わざと行かないで止めてしまった」

そう言いながら翌六年、満州事変が始まった満州に再び来るのだから、その間に、どういう心境の変化があったのだろう。

さて、芙美子の満州紀行は「哈爾濱散歩」と題されているように、ほとんどがハルピンでのことで、他の街はごく簡単に片づけられている。

横光利一も翌昭和六（一九三一）年のエッセーで、「自分の想像と実地の差の激しかったのは」上海とハルピンだったと書いている（唐亜明「横光利一の『上海』を読む」＝岩波文庫『上海』所収）。芙美子が次に向かうのは、その上海だ。

上海は一九二〇年代から発展し、一九三〇年には省と同格の直轄市になった。日本人は一九二八年に二万六五〇〇人余で外国人一位となり、その後も増え続けた。

「横光がみた上海は、黄包車《ホァンバオチャ》〔注：日本から導入された人力車〕と街頭の乞食が代表的な風景だった。当時、二万五千人前後の乞食が上海の街頭をさまよい、ほとんどは農村からやってきた難民だった。売春婦もたむろしていた」。ちなみに、日本の警察制度をまねて中国初の「警察」を設けたのは上海であり、その名称も日本語から来ているという（前掲の唐論文）。

内山完造の経営する内山書店に、魯迅をはじめ中国や日本の文学者がよく集まっていた。ここに芙美子も立ち寄り、妻の美喜子に「東京へ帰るだけの切符代」を預けて南京、杭州、蘇州を回るのだから、かなり親しくなったようだ。もっとも、上海の競馬で七ドル五〇セント損したと嘆いているので、どうしても帰りの金だけは手をつけないようにしたかったのだろう。

ここでは、「会遊の南京」「秋の杭州と蘇州」という文章を残している。

兵隊への尊敬がないのにびっくり

ざっと、ここまでの歴史を振り返ってみよう。ちょっとややこしいが、のちに焦点となる「南京」が頻繁に登場することだけまず意識してもらえればいい。古来、政治・軍事の要地なのだ。

一九一一年の辛亥革命により、中華民国が翌一二年元日に南京で成立し、孫文が臨時大総統となった。

二月、宣統帝溥儀《ふぎ》が退位して大清帝国が滅びると、孫文は臨時大総統職を袁世凱へ譲った。袁世凱は首都を自分の本拠である北京に移した（北京政府）。

一方、一九一七年ロシア革命、翌一八年に世界初の共産主義国家ソ連が誕生する。レーニンが一九年モスクワで結成した「第三インターナショナル（コミンテルン）」は、中国の共産化を謀った。孫文はソ連と接近して国共合作し、北京政府に対抗した。

二五年に孫文が北京で没すると、国民党は広東に国民政府を発足させる。翌二六年、蒋介石が実権を握り、北京政府に対する北伐を開始する。もう一人の実力者、汪兆銘は武漢に国民政府を建てる。北伐軍は翌二七年には上海、南京を占領した。また、蒋介石は国民党内の中国共産党員を粛清した（上海クーデター）。そして南京に国民政府を樹立し、汪兆銘も合流した。

蒋介石は北伐を再開し、一九二八年六月、北京に入城、ついに北京政府を打倒した。蒋介石は孫文の遺体を首都南京に運び、中山陵に葬った。一二月には満州の軍閥・張学良が蒋介石政権に従った。これにより中国の再統一はなったとされるが、三〇年に至っても、まだ内乱は続いていたようだ。

芙美子が南京で見かけた兵隊たちは、腰に炊事道具をぶら下げて、ゲートルに地下足袋、年齢は一五、六から四三、四といったところだ。

彼らは笛や太鼓で行進しているが、「街ゆく人達が、この兵隊達に何の尊敬もなさそうなのには吃驚してしま」ったという。

芙美子が両替店の主人に「貴方のお国では、いつも戦争していますが、いったい民衆はどう考えているのでしょう」と尋ねると、「結局どうだっていいじゃありませんか」と投げやりな返事が返ってくる。

「別に北軍が勝っても南軍が勝っても、よし又中立が勝位についても、我々の生命財産なんて守ってはくれませんし、どっちが勝っても、平和になってくれさえすればいいじゃありませんか、外国は興味を持っているかも知れませんが、私達はいたいともかゆいとも思っちゃいませんよ。あんなものは台所の火で、こんなに広い支那に戦争がないのが不思議じゃありませんか！」

中国の民衆は徹底して冷めている。

南京は北京と違って「空漠とした街」で、「孫文の墓だけは大変豪壮で、白松の並樹はみごと」である。大きな軍用道路が出来つつあるが、その他の道はひどく悪い。

杭州は「京都のようで、とても風雅な都だ」と気に入っている。ただ、街で目立つのは、「打倒帝国主義」や「共産党是民衆的敵人」「共産党散兵」のビラ、また、民主・民権・民族の三民主義のスローガンと青天白日旗（中華民国の国旗）だ。

また、杭州では料理に親指を入れて運んでくる汚さに閉口し、蘇州の水路では米や野菜、食器を洗っているすぐそばで馬桶（おまる）を洗っているから、よく病気にならないものだと尋ねると、「一切油や醤油で煮るから大丈夫だ」と言われる。

芙美子はこうして四〇日ほどの旅を終え、九月二五日に帰国した。

第二章　ソ連大使に極秘書類を届ける

満州事変の真っただ中へ

昭和六年には満州で重大事件が次々に起こった。

六月の中村大尉事件。

陸軍参謀の中村震太郎大尉と他三人が軍用地誌調査のため、大興安嶺の東側一帯に向かっていたところ、中国軍に捕まり、殺害された。一行の所持した金品はすべて略奪され、証拠隠滅のため遺体は焼き棄てられた。

七月には万宝山《まんぽうざん》事件。

長春郊外の万宝山で、朝鮮人農民が水田のために完成させた水路を中国人農民が破壊した。一九一〇年の日韓併合で日本国民となっていた朝鮮人を守るため、日本の警察が中国人農民と衝突した。中国人の朝鮮人に対する差別意識から両者の紛争はもともと頻発しており、衝突の報道が朝鮮半島に伝わると、各地の朝鮮人が在留中国人を襲撃し、平壌だけで死者九四人が出た。

関東軍は中村大尉事件を公表せずに調べていたが、のちに外交交渉に移された。中国側は日本軍の捏造であるとした。日本側が八月に事件を発表すると、万宝山事件と相まって、日本の世論は中国への非難一色となった。

そんな折、九月一八日に柳条湖事件が起こる。奉天近郊の柳条湖で、日本の南満州鉄道（満鉄）の線路が爆破されたのだ。これによって満州事変が始まり、関東軍は瞬《また》く間に張学良軍を駆逐していった。

A・J・P・テイラー『第二次世界大戦の起源』（吉田輝夫訳、講談社学術文庫）は、日本に同情的だ。

「九月十九日、日本軍は満州を占領したが、ここは理論上は中国の一部であった。中国は原状回復を連盟に訴えた。これは容易な問題ではなかった。日本には十分な理由があった。中国の中央政府［国民政府］の権威は——どこでも強くはなかったが——満州には及ばず、ここは幾年もの間無法の混乱状態にあった。日本の貿易は重大な損害を被っていた」

そんな一触即発の空気の中、芙美子はさらなる大旅行を企てる。

戦禍の満州を通り、シベリア鉄道でソ連を横断し、ヨーロッパに行こうというのだ。

従来この旅行は、最終目的地のパリにのみ着目し、「恋人を追って行った」だの、「パリでの恋人とは誰なのか」だの、ロマンス中心の探究がなされてきた。そして、それらは今川英子編『林芙美子　巴里の恋』（平成一六年、中公文庫）の詳細な研究で決着がついた。

本書では、芙美子の昭和五年から一八年にかけた、壮大な〝大東亜放浪〟全体の一つとして、このパリ行きを見る。『巴里の恋』には芙美子の小遣い帳や日記、手紙が収録されているので資料として非常に役立つ。

まず、世界史的観点が必要だ。山崎雅弘『歴史人別冊・第2次世界大戦の真実』（平成二六年）から引用する。

「地理的な理由から、第1次大戦による直接的な被害を被らずに済んだアメリカは、1920年代に急速な経済発展を遂げ、瞬く間に世界をリードする経済大国としての地位を確立した。／だが、こうしたアメリカの繁栄は、1929年10月24日にニューヨーク証券取引所で発生した株価の大暴落（暗黒の木曜日）で音を立てて崩れ去った。／連鎖的な企業の倒産が発生して4500を超える銀行が破綻し、失業者の数は1933年には1500万人に達した。そして、このアメリカ発の大恐慌は、瞬く間にヨーロッパ各国にも波及し、それからの数年間、世界経済は深刻な打撃を被り、大量の失業者が発生した」「この経済危機を乗り切るため、イギリスやフランスなど海外に植民地を持つ国が創り出したのが『ブロック経済』と呼ばれる排他的な経済システムだった」〔注1〕

〔注1〕平成二七（二〇一五）年八月一四日の安倍晋三首相の「戦後七〇年談話」でも、当時のブロック経済の過ちを強調している。「世界恐慌が発生し、欧米諸国が、植民地経済を巻き込んだ、経済のブロック化を進めると、日本経済は大きな打撃を受けました」「私たちは、経済のブロック化が紛争の芽を育てた過去を、この胸に刻み続けます」

アメリカ人作家のフランシス・スコット・フィッツジェラルド（一八九六〜一九四〇）が三〇年一二月に書いた「バビロン再訪」では、主人公がかつて乱脈の限りを尽くしたパリを訪ねる。「パリの街が閑散としているのを見ても、彼はそれほどがっかりはしなかった。しかしリッツ・ホテルのバーの静けさは奇妙だったし、どことなく不吉だった。それはもうアメリカ人のバーではなかった。そこにいるとなんだか改まった気分になった。ここは俺の店だぞ

という雰囲気はもうそこにはなかった。それは既にフランスの手に戻ってしまっていたのだ」（村上春樹訳）

芙美子がパリに向かったのは、まさにこの「世界大恐慌とブロック経済」の時代だった。

「匪賊の蟠踞している処」

二七歳の林芙美子は、昭和六年一一月四日に東京を出発した。九日夜、下関から関釜連絡船で日本を出国し、翌一〇日は急行列車で釜山、京城を通過した。同日、清朝の宣統帝溥儀〔注2〕が日本軍の手で天津から大連に脱出するという、流動的な状況下である。

〔注2〕古来、満州にはいろんな国、民族が興亡した。その一つ、女真人の金はモンゴル人の元に滅ぼされたが、女真人のヌルハチが一六一六年、後金を建国する。二代目の太宗は民族名を満州と改め、国号を清とする。清は第三代順治帝の一六四四年、万里の長城を越えて北京に入城し、二六〇年余り続いた。一九一二年の辛亥革命を受け、翌一二年、第一二代宣統帝溥儀が退位した。つまり、満州が中国を支配したことはあっても、その逆はなかった。

清が滅びて成立した中華民国は安定せず、各地の軍閥が群雄割拠する。満州は難民が流れ込み、馬賊・匪賊〔注3〕がのさばる中、馬賊上がりの軍閥・張作霖、次いでその子の張学良が力を持つ。一方、ロシアは一九世紀後半から満州を狙い、鉄道や都市、港湾を建設していた。日本は日露戦争の結果、南満州の権益を得ていた。誰かが秩序を打ち立てなければならない無政府状態だった。満州を安定させるには、満州人の皇帝が父祖の地に戻って国を建てるのが一番いい。溥儀自身がそれを望んだし、民衆も支持した。日本や関東軍はその後ろ盾になっただけ。植民地でも、侵略でもない。

〔注3〕渡辺龍策『馬賊』(中公新書)では「馬賊」と「匪賊」を区別し、「問題は、満州事変以後は、れっきとした自衛組織としての馬賊であろうが、まぎれもない山賊・流賊であろうが、そんな区別などについては、日本側はほとんど顧慮する必要をみとめなかった」「一律に『匪賊』として、日本軍の討伐対象とされてしまった」というが、はたして区別などできるだろうか。中韓の愛国運動家と深く関わった内田良平は『支那観』(大正二年)で、支那には「遊民社会」があり、「彼らは人家の強奪、墳墓の発掘、賭博を業とし、政府も祖国も仁義も道徳も眼中にない。馬賊や匪賊はこの徒である」とした。

一一日は満朝国境の安東に泊まる。芙美子は旅先の役人や新聞記者にしっかり連絡を取る人で、安東県採木公司《さいぼくこんす》の八木元八（元ハルピン総領事。第一章に登場）を訪ねている。のちの「凍れる大地」（一九四〇年）で振り返るには、官舎の一〇畳の日本座敷に二日ばかり寝たという。厚かましいのではなく、当時、女一人で海外旅行する人などいないのだから、身を守るためには当然の行動だろう。

同じく「凍れる大地」によると、昭和六年当時は対馬海峡を渡る船はまだ小さく、乗る人も少なかったという。また「安東から先きの安奉線の沿線は、匪賊の蟠踞している処で、現在〔注：昭和一五（一九四〇）年〕のように安心して通過出来る処ではなかった」「満鉄の線路より三哩《マイル》以上の奥地には、日本は駐在の兵をおかないと言う約束であったのだそうだけれども、やがて、張学良政府を追うために、全満に兵をすすめる結果になったのだと言う」

少々先走ってしまったが、昭和六年、安奉線（安東〜奉天）の沿線は匪賊が蟠踞《ばんきょ》していた。芙美子は前年も満州に行っている（第一章）が、そのときは神戸から大連に船で行ったため、日本が統治する関東州と南満州鉄道（長春〜旅順）付属地を通ったし、統治権外のハルピンも、ロシアと張学良が牽制し合って、小康状態にあったようだ。

さて、ここでは、「西伯利亜《シベリア》の三等列車」と、のちに「西伯利亜《シベリア》の旅」と改題された二つを付き合わせながら見ていこう。

芙美子が安奉線を奉天で乗り換え、長春に着いたのが一一月一二日の夜。「駅の中は兵隊の波」だ。「ギラギラした剣突鉄砲で林立している、日本兵の間を縫って、やっと薄暗い待合所」に入る。周りから聞こえるのは物騒な話ばかり。

「此間満鉄の社員が一人、哈爾濱と長春の間で列車から引ずり降ろされて今《マ》だに《マ》不明なんですがね」「チチハルの領事が惨殺されたそうですよ」

寝台列車に乗り換えて、翌朝、前年夏以来のハルピンに着いた。「空気がハリハリと硝子のようでいい気持」だ。

「ヤポンスキーホテル・ホクマン」と運転手に告げる。

「古い石道を自動車が飛ぶように走って、街を歩いている支那兵の行列なんかを区切ろうものなら、私はヒヤヒヤして首を縮めた」

北満ホテルに着くと、皆が覚えていてくれた。長崎から来た女中は、ハルピンはのんきな所だと笑っている。日本で考えていた以上に平和だ。

ところが、チチハルから婦女子は全員引き揚げたというニュースが入る。

芙美子が向かう先だ。人口五〇万人のハルピンに次ぐ、一〇万人が暮らす北満第二の都市。女中たちは二、三日様子を見たらというが、金の余裕がないので、毛布や食料品を買い込んで、午後三時の二等寝台に乗る。

「私は戦争の気配を幽かに耳にしました。――空中に炸裂する鉄砲の音でしょう。初めは枕の下のピストンの音かとも思っていましたけれど、やがてそれが地鳴りの音のように変り、砧のようにチョウチョウチョウと云った風な音になり、十三日の夜の九時頃から十四日の夜明けにかけて、停車する駅々では物々しく支那兵がドカドカと扉をこづいて行きます。／激しく扉を叩きに来ますと、私の前に寝ている露西亜の女は、とても大きな声で何か呶鳴ります。きっと、『女の部屋で怪しくはないよ』とでも云ってくれているのでしょう。私は指でチャンバラの真似をして恐ろしいと云う真似をして見せました。露西亜の女はそれが判るのでしょうか、ダアダアと云って笑い出しました」

「愛国心とでも云うのか」

チチハルを通過して、一四日の昼、中ソ国境の満州里《マンジュウリ》に着く。

安東以来、二度目の税関だ。シベリアを通過する旅客は、ドイツの商人と二人きり。支那の憲兵が何度も姓名と職業を尋ねる。

しかしシベリア鉄道に乗る前、大変な出来事が持ち上がる。満州里の領事から、モスクワの広田弘毅大使（のち首相）に宛てた外交書類を託されたのだ。

これに関して、一民間人旅行者である芙美子に、どうしてこんな大事を任せたのか、ずっと不思議に思っていた。

謎を解きたいと思いつつ何年も過ぎていったが、あるとき「凍れる大地」を読み返していて、「八木氏を私が知ったのは、八木氏がハルビンの領事をしておられる頃であった」との一文で全てがつながった。

安東県採木公司の八木元八は、もともと外交官だったのだ。

八木から満州里の領事へ、外交文書運搬役として、芙美子の推薦があったのは間違いない。八木は翌年、パリで困窮する芙美子に二百円を援助するが、それは、このときの謝礼代わりと考えていいだろう。

託された外交書類は、五カ所も赤い封蝋の付いた、大きな状袋である。それをトランクに入れて鍵を掛ける。

「もし調べられた場合は……その時の用意に、露文で、外交官としての扱いをして戴きたいと云った風な、大した添書を貰っている」

芙美子は「全くヒヤリッとした気持」ながら「愛国心とでも云うのか、そんな言葉ではまだ当はまらない、酢っぱいような勇ましい気持、――何にしても早く国境を越えてくれるといい」と書いている。パリに着いてからの夫緑敏《りょくびん》〔注4〕への手紙（一一月二四日付）には、「マンヂウリではひどかつた。日本人は私一人皆おどろいてゐた。マンヂウリではレウジ館のヒミツ書類をモスコーまで持つてゆくのを託された。一寸、これは小説になる」と記している。

〔注4〕大正一五年一二月、長野県下高井郡出身の画学生手塚緑敏と知り合い、暮らし始める。入籍するのは昭和一九年。

秘密書類の中身が何であったか、非常に興味深い。

この頃、日ソ間の懸案は、もちろん満州事変である。

一〇月二八日、広田大使は外務人民委員会次長カラハンを訪ね、ソ連軍が満州に出動しないように釘を刺した。カラハンは、厳正不干渉の政策を持する旨を回答した（服部龍二『広田弘毅』中公新書）。

しかし、関東軍がチチハルを占領すれば、ソ連は態度を硬化させるかもしれない。事実、芙美子が満州里で外交文書を預かった一一月一四日のわずか四日後、一八日に関東軍はチチハルを占領した。そうした動向を知らせるものだったのだろう。

芙美子も文書の内容をいろいろ想像してか、「共産軍はもうチチハルへ出発したとか、露西亜の銃器がどしどし支那の兵隊に渡っているとか、日本軍はいま軍隊が手薄だとか、兵匪の中に強大な共産軍がつくられているとか、風説流々です」と書いている。

前掲書『広田弘毅』には、駐ソ大使館の天羽英二参事官が帰国して、幣原《しではら》喜重郎外相ら本省の意向を聴いた上で満州で要人と会談し、広田に最新の情報を一一月上旬に提供したとある。芙美子が運んだのは、これと関連した情報だったに違いない。

さて、三等列車は〝ロシア〟に入った。

当時は「ソ連」という呼び方はしておらず、外交時報も「露国」である。芙美子も「露西亜」で通している。

一車両に四人部屋が八つ。芙美子はまず列車ボーイに日本円でチップをやる。三円でいいところをつい五円もやってしまうが、それはともかく、「ルーブルでチップをやっても、ボーイは決して有難い顔をしないそうです。日本金でやれば、国外で安いルーブルが買えるからです」とは驚きだ。

車窓から見ると、女たちだけで線路を造っている。「チェホフ型の女とか、ゴルキー〔注：ゴーリキー〕型の女とか、そんなものは今の露西亜にゼイタク事でしょう」とある。

食堂車で昼食を食べると、東京で二〇銭程度の食事が三ルーブル（約三円）で、「驚木桃の木山椒の木」だ。売りに来る食べ物も、高くて手が出ない。

唯一の楽しみは、お湯が各駅でただでもらえること。芙美子が砂糖を提供して、ボーイの部屋に四、五人集まっては紅茶を飲んだ。

ノボシビルスクで乗ってきた、一五歳くらいの少年ピオニールは、芙美子の部屋にいつもパンをもらいに来る。

この少年にはつくづく閉口したようで、夫緑敏への手紙（一一・二四付）に「ロシヤはこじきの国だ。ピオニールが私に、マドマゼルパンをくれと云つてくる。全く一人の英雄の蔭には幾万のギセイ者だ。五年計画〔注5〕と云ふが、十代政治家が変つてもむつかしかろう。五年計画があんなものだつたら、ロシヤは又かくめいが来る」。さらに次の日の手紙でも再び「ロシヤは驚木桃の木さんしよの木だ。レーニンをケイベツしましたよ」と書き送っている。

オムスクから同室になった若い母親は、芙美子が持っている日本の安い眉墨を「くれくれ」と、しつこくせがむ。「露西亜は、どうして機械工業ばかり手にかけて内輪の物資を豊かにしないのでしょうか、悪く云えば、三等列車のプロレタリヤは皆、ガツガツ飢えているようでした」

〔注5〕一九二八年から掲げた第一次五カ年計画の真っ最中。スターリンは農民を犠牲にして、重工業の発展を強引に推し進めた。芙美子の観察力の鋭さに驚く。

雪景色の中を汽車はひた走る。三等の洗面所は水も出ないし、鏡も割れている。紀行文は「巴里まで晴天」にバトンタッチして引き継がれる。

一一月二〇日の夜九時頃、モスクワに到着。予定では午後四時着だった。発車までの三時間の間に、広田弘毅大使に書類を渡さなければならない。

「夜更けではあるし、初めての土地ではあるし、改札口へ出るのにどんな手続きがいるのか、そんな事を考えながら、焦々してホームに降り」ると、大阪毎日新聞の「馬場氏」〔注6〕が歩いてくる。

〔注6〕モスクワ特派員だろう。次章で詳述する楠山義太郎は当時、大阪毎日新聞のロンドン特派員で、アメリカの通信社の一室に支局を借りていたので、仕事の環境は恵まれていた。『毎日』ではパリ、ベルリン、モスクワと欧州では外に三か所、支局と称するものがあったが、みんな自宅で事務をとる一匹狼のようなものでした」（日本新聞協会『別冊新聞研究』一九八二年七月）。芙美子がホームで「馬場氏」に会えたのはあまりに偶然過ぎるので、芙美子が途中、大阪毎日新聞に電報を打ったと考えるのが妥当だろう。今後も何度も出てくるが、芙美子は新聞記者を利用するのがうまい。

内心、「助かった！」と叫びたいところだろうが、芙美子はほっとして気が抜けたのか、「やれやれ、助かりましたよ」と話しかける。

無事、書類は託せた。

さらに一緒にホームを出て、車でモスクワを案内してもらう。

「数寄屋橋の停留所のようなプウシュキン広場、広場の商店の飾窓には、毛皮や、鞄や、シャツなぞが出してあったが、たいていは赤い布だけさげて、何も商品のない店が多い」

モスクワ一流の料理店でごちそうになるが、「汽車に残った貧しい人達の事を思うと、眼をつぶりたくなる程、もったいない気持も感じた」という。

「日本の無産者のあこがれている露西亜は、こんなものだったのだろうか！　日本の農民労働者は、露西亜の行った何にあこがれているのだ――それだのに、露西亜の土地もプロレタリヤは相変わらずプロレタリヤだ。すべていずれの国も特権者はやはり特権者なのだろう」

こうしてソ連の体制を批判する一方で、ロシア人には親しみを持つ。「私はロンドンまで行ってみて、一番好きな人種はやはり露西亜人でした」と付け加えている。

芙美子がモスクワを去って、およそ一カ月後、奇っ怪な事件が起こっている。

ソ連政府が一二月二四日に突然、広田大使に対する暗殺陰謀事件を公表したのだ。

ＧＰＵ（国家保安局）に市民から某国の外交官について密告があった。数年前からその外交官と共通の趣味を通じて交際してきたが、一二月初め以来、もっぱら満州事変を話題にし、日本大使に危害を加えれば戦争を挑発できると同人に言い出した。最初は相手にしなかったが、執拗に狙撃するよう迫るので、陰謀に気づいたという。取り調べの結果、確証を得たので、某国に対して当該外交官の召還を求めたと、前出のカラハンが同日、広田大使を呼んで伝えた。

その後、当該の人物は駐ソ・チェコスロバキア外交使節付書記官カルル・ワネク（三五歳）と判明。二六日モスクワを退去し、二九日、本国で取り調べを受けたが、事件を全面的に否認した。日本政府はソ連側の態度を諒とし、別段の措置は取らなかった（一九三二年一月一五日付「外交時報」）。

芙美子は零時近く、再び汽車に乗り込んだ。

朝鮮人の青年が懐かしげに日本語で話しかけてきた。「中々数奇なコースをたどりつつあるらしい人」だというが、詳しくは書いていない。芙美子は朝鮮についてあまり感想を残していないので、小さなエピソードだが取り上げた。

ロシア国境に翌日の昼一時頃、到着。税関検査を経て、ストロプツエ（ポーランド国境）に夕方五時頃着く。風景も人種もがらりと変わる。乗り換えた汽車は美しく清潔になり、何もかもぴかぴか光っている。

夜一一時頃ワルシャワに着くと、女がとびきり美しい。「見た事もないような内気な美しい娘さん」と同室になる。翌朝、ベルリン。ついでケルンに午後八時半に着くとフランス兵が乗ってきて、ポーランド娘の美しさにぼうっとしている。

脚の片方ない男や、頬に弾丸創のある老人を見て、芙美子はベルダンの戦い〔注7〕を思い起こす。

〔注7〕第一次世界大戦での独仏の激戦。約三〇万人が死亡・行方不明となり、百年以上たった今も遺骨収集とDNA型鑑定による遺族捜しが続いている（平成三〇年一一月三日付産経新聞国際面）。

汽車の中まで独仏は仲が悪いが、三等列車は「まるで一ツ家族みたい」で、「無産者の姿と云うものは、どう人種が変っても、着たきり雀で、朝鮮から巴里まで、皆同じような風体だった」。

二週間もの鉄道の旅を振り返りながら、芙美子はついに一一月二三日、パリに到着した。降車して建物に泊まったのは安東だけ。「案外気楽であった」というから豪傑だ。

ところで、『改造』昭和七（一九三二）年二月号に載った「西伯利亜の三等列車」には、不可思議な写真が掲載されている（「巴里の小遣ひ帳」によると、写真は昭和六年一二月一一日、原稿は同月一八日、改造社宛てに送っている）。

パリ、シャトウ通りの「コンミニストの家」の前に立つ林芙美子の写真だ。文末に「挿

パリ、シャトウ通りの「コンミニストの家」だという（『改造』昭和７年２月号）

入の写真は、モスコーで別れた、列車ボーイ、ブグダノフに送ってやった、巴里のコンミニストの家です。――私は此通り元気だと云う意味で」と書いているが、首を傾げる。

あれだけソ連への失望を並べ立てながら、どうしてわざわざコミュニストゆかりの建物の写真を送ったのか。ほかにいくらでも名所はあろう。しかも、どうしてわざわざ『改造』に載せる必要があったのか。パリで白井晟一《せいいち》に出会って、再びコミュニズムに関心を持つのは、まだだいぶ後、翌年四月のことである。深い意味はないのかもしれない。だが、非常に暗示的だ。これについては、第四章でまた詳しく述べたい。

第三章　恋人はリットン報告書スクープ記者

パリは文士には面白くない

林芙美子は昭和六年一一月二三日、パリに到着した。

ホテル・リオンに宿を取る。夫への手紙には「ホテルと云っても落合のそばの下宿屋みたいに安っぽいところ。ごみごみしたところ本郷のようなところ」とある。『林芙美子巴里の恋』で写真を見ると、確かに四階建てのそっけないホテルだ。そのまま二カ月、同じホテルに滞在する。

パリ生活の第一ページを記した「下駄で歩いた巴里」(『婦人サロン』昭7・2)によると、最初の一週間は石のように眠り続けた。さすがに旅の疲れが出たのだろう。冬のパリは黄昏《たそがれ》ていて、眠るのに適していた。二週目は塗下駄でポクポク街を歩き回った。着いた翌日の夫への手紙にもう「巴里はいいとこじゃないが、絵かきには来させたい」と不満が始まる。その後も止まらず、「巴里は絵かきにいい。それは本当だ。文士にはあまり面白くない」「絵かきの来るところだ」と、しつこく繰り返す。「早く日本へ帰りたい」も頻出する。

「下駄で歩いた巴里」にも、「どうして私は巴里に来たのだろう。こりゃお嬢さんか学生かそんなものが来るところじゃないかしら」「巴里は絵描きの来る街です。文学者が来るにしても、言葉を本当に持たなければすぐ淋しくなって来るでしょう」。要するに、見た目だけで底が浅いということなのだろう。

一九三二年の日記を見ると、とうとう一月一〇日には英国に渡る決心をする。同二〇日付の、夫に宛てた葉書には「巴里に足かけ三ケ月得るものなし」とまで書いて、英国行きを知らせている。

ロンドンではコミンテルン目撃

一月二三日の夜、フランスのダンケルクからドーバー海峡を船で渡って、二四日の朝、英国に到着する。

初めから好印象だ。「英国の三等列車はとてもすてきだ。日本の一等のように美しい」午前九時半にロンドンに着く。「静かな街」「京都のよう」

パリで知り合った日本人に紹介された、ケンジントンの下宿に落ち着く。「私の宿は英国人の姉妹でやっているところで、古風さにおいては全く小説の中の部屋です」「英国では仕事が出来そうな気がする」と夫への手紙に書いている。

芙美子は、新聞記者と親しくなって情報を得るのが得意技だ。

大阪毎日新聞ロンドン特派員の楠山義太郎に手紙を出していたらしい。一月二九日消印の楠山の手紙が残っている。

「お手紙有難う存じます。目下上海事件で英国政府の態度がどう傾くかが問題になっているので、少し忙しく御座いますが、そのうちに何とか都合のつくことでしょう」

一月二八日、上海で共同租界〔注1〕警備の日本海軍陸戦隊と中国十九路軍との間に戦闘が勃発した。いわゆる第一次上海事変だが、当時の人にはもちろん「第一次」であるはずもなく、それで「上海事件」と呼んでいるわけだ。

〔注1〕租界とは、外国人が居留し、警察・行政をおこなった地区。八カ国が、中国の二七カ所に設置した。共同租界が上海に、日本租界は天津と漢口にあった。

二月一日、芙美子の日記には「上海事件が仲々大変らしい」とあるが、翌二日夜、楠山が訪ねてきてドライブ、日本人の店で夕食をごちそうになる。楠山は芙美子が気に入ったらしく、四日は蓄音機を持って遊びに来て、そのあと郊外にドライブしてホテルでお茶を飲み、またロンドンに戻って支那料理をおごってくれた。六日夜も来訪。八日ドライブ。一〇日と一二日に夕食。つまり一日おきに会っている。ところが、一四日だけ途切れる。大軍の中国軍に対し、必死に防戦する海軍陸戦隊を救うため、日本は上海に陸軍の派遣を決めたのだ。

この頃書いたらしい「ひとり旅の記」には、「黒い竜《ブラックドラゴン》〔注2〕と云う名を、たびたび倫敦の新聞で見るのですけれど、あれはいったい何なのでしょう。倫敦の平和論者の一部には大ヤバン国日本とやっつけていますが、日支戦争の折から井上さんの暗殺〔注3〕は、ますます日本を大ヤバン国にしたらしい。厭なことです。理窟が通らないとなると、政治家も人民も剣術をならわなければならなくなりますね。／十三日の日曜日には、トラファルガル広場《サアカス》で、支那コミンタンのデモンストレーションがあります。勿論日支問題の事を演説するのでしょう。私は聞きに行くつもりです」とある。

〔注2〕世界大百科事典によると、黒竜会（こくりゅうかい）は日本の国家主義・アジア主義団体。玄洋社系の大陸浪人・内田良平らが一九〇一年に東京で結成。会の名は、露清国境を流れる黒竜江（アムール川）からとった。ウィキペディアによると、海外では日本の壮士集団、BLACK DRAGON SOCIETYとして恐れられていた。内田良平は『支那観』（大正二年、黒竜会発行）の末尾に具体的成案として、「彼等〔注・満蒙士人〕をして愛新覚羅氏の宗廟を奉じて自治の一国を造らしめ、之を帝国保護の下に置かば、独り我が東亜大政策の地盤を固うするのみならず、上は我が皇室の愛新覚羅氏に対する御友誼をも全うすべきに非ずや」と書いた。歴史はその後、その通りに進んだ。

〔注3〕二月九日、民政党筆頭総務・前蔵相の井上準之助が右翼の血盟団によって射殺された。

芙美子の日記には、二月一二日「明日から、いよいよ日支の戦争だ、いやなことだな」、同一三日「トラハルガル街で支那コンミタンのデモあり」とある。

一四日の緑敏への手紙では「井上さんが殺ろされたそうだが、英国の平和主義者の与論の間には、『日本は大ヤバン国だ』と非常ゲキコウしている。日支問題があるせいだろう。

昨日はトラファルガル広場で、支那コンミタンのデモストレーションがあった。日本の侵りゃく主義ファシズムもいいかげんにしないと、カイゼル〔注4〕の轍をふむ。外国もそう甘くはない。満州まではいいが上海は〔注5〕、仲々注目のまとらしい。イギリスの状態も中々つかれている。世界がけいざい的に行きづまっているのだろう」と心配している。

〔注4〕ドイツ皇帝ウィルヘルム二世。積極的に対外進出を図ったが、英・仏・露と対立してドイツの孤立化を招いた。第一次大戦に敗れ、革命で退位、オランダに亡命した。

〔注5〕「満州まではいいが上海は」とは、現代の我々も考えるところだ。第二章の〔注2〕に書いたように、無法地帯の満州に、満州人の皇帝を擁して国を建てるまではよかった。現地を視察したリットン卿も、英国を代表する歴史学者のテイラーも、日本の主張に理解を示している。上海事件には、昭和天皇も憂慮し、異例の行動に出る。白川義則陸軍大将を上海派遣軍司令官とする二月二五日の親補式で、天皇は白川に直接、事件の不拡大を命じた。特に「上海から十九路軍を撃退したら、決して長追いしてはならない。三月三日の国際連盟総会までに何とか停戦してほしい」と念を押した。白川は天皇の信頼に応え、三月三日、参謀本部の反対を押し切って停戦を断行した。国連総会の険悪な空気は一挙に好転した。天皇は「上海で戦闘地域をあの程度に喰ひ止め、事件の拡大を防いだのは、白川大将の功績である」と称えている（『昭和天皇独白録』文藝春秋）。

「コミンタン」「コンミタン」は「コミンテルン（Comintern）」（138ページ参照）のことだ。ロンドン中心部で堂々と中国擁護、日本排撃の宣伝工作をしていたのだ。

「ひとり旅の記」にも再び、詳しく思いを書いている。

「上海まで戦争が拡がって行ったようですがいったいどうなるのでしょう？　外国へ来ていますと、毎日の新聞で、日本の評判の悪いのが気になります。／トラファルガル広場の、支那コミンタンの示威運動も、あまりパッとはしなかったけれど、支那婦人の火を吐く愛国の演説には感激してしまいました。／ねえ、誰だって国を愛しているのですよ。国を愛さない者がどこにあるでしょうか？／ねえ、国だの金だの人民だのを玩具のようにしている×××たちを、そんなのからどうにかならないものでしょうか。――世界大戦の跡（後）、いったいどこに平和が来たのでしょう。各国の人民たちが妙に疲れきっています、――外国を歩いていると、今でもプンプンと血腥いベルダン（58ページ参照）の匂いがします」

　こうした思いが、このあとパリに戻って、白井晟一という、コミンテルンと何らかの関係を持つ活動家と親しくなる素地になっている。

　林芙美子はのちに「満州事変の時、私は丁度倫敦にいたけれど、情ないほど日本の人気はよくなかった」と振り返り、「官吏のひとたちの消極的な宣伝方法にまっていては、日本は益々歪められてしまう」として、「民間から偉いジャアナリストを選んで宣伝省と云うのでも造ったらどんなものだろう」と提言している（『私の昆虫記』所収「宣伝省」）。

リットン卿接近の合間に芙美子とデート

前年、昭和六年九月一八日の柳条湖事件で始まった満州事変を、中国は早くも同月二一日に国際連盟に提訴した。連盟理事会は一二月一〇日、イギリスのリットン卿を団長とする英、仏、独、伊、米五カ国の調査委員会（リットン調査団）の派遣を決議した。明けて七年二月末、リットン調査団は東京にやってきた。

中断していた芙美子と楠山との付き合いは二月一六日、芝居見物で再開される。一八日はドライブ。しかし、せっかく気に入った英国も、日本に対する悪口のせいか、芙美子の気持ちは離れる。

「近日、いよいよ倫敦を引きあげるつもりでおります。倫敦を浅い日で論じる事は厚かましいことですけれど、要するに、芝居も、文学も、儀礼も英国はもう田舎っぺの感じでした」（「ひとり旅の記」）

二月二〇日には楠山と活動写真を見たあと、夕飯を食べ、世話になったお礼にウイスキーを贈る。翌二一日夜にはもうロンドンを出発し（楠山ら見送り）、再び海を渡り、二二日にパリに戻った。

大阪毎日新聞ロンドン特派員の楠山義太郎は、リットン卿を徹底マークし、歴史的スクープを狙っていた。日本新聞協会の『別冊新聞研究』（一九八二年七月）で、八三歳になった楠山が詳しくインタビューに答えている。

一二月一〇日の連盟理事会で決定するまで、リットン卿は取材対象になかった。リットンは上院議員で、父親がインド太守だ。

「不意にリットン卿が現れて、現地調査の総大将になって満州に向かうことになった。その報告のいかんによっては、日本の死活問題にもなりかねない。すべての取材スケジュールを二の次にして、スイッチをリットンと、その報告書に切りかえなければならない」

楠山は〝目標と作戦〟を立てる。

ターゲットは、（帰国直後の独占的な）リットン会見、報告書の入手。

作戦計画は、出発前：リットンに接近→留守中：連盟関係者およびリットン周囲との連絡→会見：一気に電撃戦。

不思議なのは、芙美子と楠山が盛んに会っていた二月二日〜二一日は、まさに作戦計画の「出発前：リットンに接近」の期間と重なることだ。前述したように、リットン調査団は二月末、東京に到着するからだ。

しかし考えてみれば、楠山もリットン卿と毎日会えるわけでもない。作戦の合間に「忙中閑あり」で、息抜きに芙美子との気楽な逢瀬を楽しんでいたのだろう。

楠山がリットンに近づいたのは、文人墨客の集まるクラブであったらしい。

「時局論にも時折り触れたが、満州土産を一人じめにしたいような話は露骨すぎるから。いささか体裁を作って、あたりさわりのない世間話が主になる。幸いにも彼は東洋の話を聞きたがっていた。旅行の参考にしたかったのでしょう。インドは知っているが、極東は初めてだ。日本や満州の夏が心配でよくその話題に触れた。（略）いよいよロンドンを発つ時には、停車場まで行って、帰った時の満州の土産話に一番乗りのできるような約束に近いものを取りつけた。そばにいた秘書のアスター子爵に、この約束の立会人になってくれと、いかにも重大契約でもする時のように、少しおどけて頼みこんだ。（略）そばで聞いていたリットンは、にこにこしていたから第一段階は、まず、これでと意を強くした」

三月一日、満州国が建国を宣言した。

三月は二度、楠山義太郎がジュネーブの行き帰りにパリに立ち寄っている。国際連盟での取材だろう。

芙美子の三月一日の日記「后後五時五十分の汽車で倫敦から楠山氏来巴、ゼネバへ行く途中の四時間を利用して、夕飯をサンミツシエルにたべる。リオンの駅へ送つて行く」は、まだいい。三月二二日には突然、楠山への恋慕を吐露している。「ひる四時頃ジユネブの帰へりだと云つて楠山氏来訪、チヨコーレート貰ふ。好きな人だ、一寸困る。／夕方六時かへる。呆んやりする。――むちやくちやに早くかへりたい。主人に対して相済まない事だ。あ、助けてくれだ」

もしかしたら、ロンドンの時から好意があり、このままではまずいとロンドンを去ったのかもしれない。世界的なスクープを狙っている記者は、輝きを放っていたに違いない。

四月一〇日、例の満州安東県採木公司の八木元八から、芙美子に二百円が届いた。手紙によると、芙美子が眼病のため（おそらく口実だろう）金を無心したらしい。八木氏は近況を「満州新国家も棟上ケ丈けは致しましたが造作其他之れからが大変です。設計者の『プラン』通り出来ますかどうか頗る疑問です。私の公司の方は材木界の受難時代に遭遇して閉口して居ます」と知らせている。

芙美子は一五日の夫への手紙に「改造社からの金〔注：二月に三百円〕は、もうつかいはたしてしまった。だが幸い、八木元八氏が、一ケ月の小遣いを送って下すって、人の情に感謝している次第」と書いている。

楠山義太郎とはその後、四月二〇日付で芙美子に対して「ロンドンへ御出での御話はどうなりましたか?」と問う手紙を最後に、連絡が途絶えた。

芙美子との別れの後、歴史的スクープ

楠山は先の作戦計画通り、リットンの留守中は外相や次官相手に取材を兼ねて、英国政治家の心理を研究し、リットン会見の本番に備えた。

いよいよリットンは九月四日に上海を発ち、帰国の途に就いた。報告書は同三〇日に日中両政府に渡され、公表は一〇月二日の午後九時という段取りだった。

ところが公表の四、五日前になると、リットンの行方が分からなくなった。ここで姿をくらまされては七、八カ月にわたる努力は水の泡だ。楠山は気が気でなかったが、公表の二日前、ロンドン郊外の自宅で「面談の用意あり」と、待ちに待った連絡が来た。

居城の接見室で会い、詳細な説明を聞いた。

日本が希望する満州国承認は無理だが、現地を視察して日本の主張も無理からぬ点があ

ると呑み込めた。解決策は、満州を自治体にして広範な権限を与えることだ。今後、紛争が起きたら、日満支の三者で話し合えばいい。満州国承認という形式論にとらわれず、現実政策を取るべきだ――。

楠山は切り出した。報告書の内容と趣旨はよく分かったが、正文が欲しい。外交上の機密文書ではないから、法律上の問題も起こらない。さもなくば不正確な推測記事を書かれてもいいのかと迫った。

渋るリットンに説得を重ね、楠山はついに報告書の正文と一言一句たがわないものを、本社に打電した。

東京で東京日日新聞（大阪毎日新聞と同列）の号外が出たのは、公表予定の三一時間半ほど前だった。楠山はついに、歴史的スクープをものにしたのだ。

さらに後日談がある。

リットン報告書の検討に入った国際連盟（ジュネーブ）に、日本は松岡洋右《ようすけ》を首席全権として送った。楠山は松岡に密着取材した。

松岡は、「満州自治体」を実質的な国家に整えていけば権益は守れる。侵略行為は条約違反だとの非難には頬被りすると決めていた。

常任理事国は日英仏伊の四カ国。英仏とも在支権益を守りたいので、日本を連盟から追放したら自分の身に降りかかってくる。リットン報告書の一部修正という譲歩を引き出せる可能性はあった。

ところが、日本本国の態度が日に日に硬化して、松岡に連盟脱退を迫り出した。「北京の城が欲しくなったらしい。支那本土に手を伸ばせば、アーマゲドン（最終戦争）だ。わが国は焦土と化す」と、さすがの〝型破りの野人〟松岡も気力を失った。楠山は、松岡を叱咤激励したという。

だが、決定的だったのは、昭和八（一九三三）年一月八日、ドイツにヒトラー政権が成立したことである。

日本は万事休した。満州問題で日本に手心を加えれば、ヒトラーの第三帝国を抑える理屈を失う。二月、連盟総会で満州国を認めない決議が四二対一（反対は日本のみ）で採択された。日本は三月、国際連盟を脱退した。

「ヒトラーの政権掌握がもう少し遅れていたら……。ドイツの見せしめのために日本をスケープ・ゴート（身代わりの山羊）に使った」と楠山は真相を指摘している。

第四章　コミュニストにソ連亡命を誘われる

たやすく〝洗脳〟される芙美子

昭和七年四月一日、芙美子はパリで白井晟一に会う。

白井は一九〇五年二月、京都の生まれだから、このとき二七歳。芙美子の一つ下だ。ドイツでハイデルベルク大～ベルリン大と哲学を学んでいた。一年前、義兄の日本画家・近藤浩一路がパリで個展を開くというのでやってきて以来、パリにいたらしい。

今川英子編『巴里の恋』解説にある、白井の経歴を見ると、非常に〝危険〟な人物だ。ベルリンでは邦人相手の左翼新聞「ベルリン通信」を編集発行。パリではソビエト共産党機関紙プラウダのパリ特派員と交流があった。芙美子が五月一二日に帰国した後、モスクワに渡って一年滞在し、ソ連に帰化しようとしたが、かなわなかった。昭和八年にシベリア経由で帰国。昭和研究会〔注1〕に一時参加した。翌九年には千葉県の山中に弟や仲間たちと拠点を作って共同生活を始めるが、官憲に睨まれ、一年ばかりで解散になったという〔注2〕。

〔注1〕昭和研究会は、昭和八年に近衛文麿（のち首相）を中心とした政策研究団体として創設された。江崎道朗『コミンテルンの謀略と日本の敗戦』（PHP新書）によると、「偽装転向者の巣窟」で、国家機関に入り込み、内部穿孔工作（内部からコントロールする）を行った。朝日新聞記者の尾崎秀実《ほつみ》もメンバーの一人で、近衛文麿内閣が成立すると朝日を退社して内閣嘱託となり、政権中枢に入り込んだ。ドイツ人で、表向きはドイツの大手紙の特派員、実際にはソ連の赤軍情報部のスパイだったリヒャルト・ゾルゲは、この尾崎を通じて日本政府に工作していた。昭和一六（一九四一）年、ゾルゲ事件が発覚、ゾルゲと尾崎は処刑された。二五七ページの〔注2〕参照。

〔注2〕公式ホームページ「白井晟一の芸術・デザイン」の履歴には、「1933年　シベリア経由で帰国。東京山谷の労働者街で孤児を集めて世話をする。昭和研究会に市川清敏と共に参加するが、まもなく脱会。1934年　千葉県清澄山山中に弟やその仲間たちと大投山房と名づけた山小屋を建て、新しき村と禅の道場とマルクス主義運動の拠点づくりをかねたような共同生活を始めるが、1年ばかりで解散」とある。

フランスで一九二一年に結成されたフランス共産党は、コミンテルンのフランス支部だった。プラウダのパリ特派員と交流があったという白井は当然、コミンテルンの影響下にあっただろう。「ソ連に帰化しようとしたが、かなわなかった」のではなく、モスクワで一年間訓練を受け、昭和研究会から政権中枢に入り込もうとしたのかもしれない。

「一九三二年の日記」（前掲『巴里の恋』所収）によると、芙美子、白井、そして大宅（大屋とも記述）の三人は、連日のように会うようになった。四月だけで九回。集まってはプロレタリアの理念について議論を戦わせた。

あれだけロシア革命を馬鹿にしていた芙美子が、白井に会ってわずか四日目の、四月四日付の矢田津世子〔注3〕宛ての手紙には、「欧州へ来て、始めてプロレタリヤ運動について再び私は情熱を持つやうになつた」と書くのだから、人の〝洗脳〟など実にたやすく、恐ろしいものである。

〔注3〕林芙美子と同じく『女人芸術』から世に出た小説家（一九〇七〜一九四四）。この一九三二年に坂口安吾と知り合い、矢田は安吾にとって特別な人となった。安吾の自伝的連作「二十七歳」「三十歳」は、矢田との恋愛体験が大きなモチーフになっている。

もう一人の「大屋」とは、これも今川英子の研究に拠るが、大屋久寿雄といい、仏リヨン大学の学生。二人よりさらに若く、二二、三歳である。この人物も、かなり危ない道を渡っていた。

芙美子の帰国後に送ってきた大屋の手紙（一九三二・七・一九の消印）が残っている。

「僕今独りでアントワープに来てゐる。今月八日に遂に命数つきて、警察にあげられ、即決で国外追放となった。（略）白井とは其の後音信不通、どうやつて生きてゐるか一向知らない。貴女の方が却つて知つてゐる位だろう」

大屋は翌昭和八年に帰国し、新聞聯合社、同盟通信社を経て、時事通信社の記者となっている。彼がマスコミ内の共産分子となったか、転向したか、そこまでは分からない。

二人でベルリンへ行く

今川英子の指摘で、新宿歴史博物館所蔵の林芙美子の私的な日記（一九三二年一月一日～一〇月三一日）のうち、四月二五日から六月三〇日までの部分が破り取られているのが分かった。

なぜ、破ったたか。

芙美子は四月二八日~五月一日の四日間、パリ郊外のモンモランシイやフォンテンブロー、バルビゾンに旅したと「滞欧記」「巴里日記」に書いている。これが実は、白井と一緒の旅行だったのではないかと今川は推理する。日記の記述には「愛の悦びや嘆きの言葉が溢れて」いたため、その恋を「作品化=虚構化」できた時点で、その部分を破り捨てたというのだ。

だが、「春の日記」という作品がある。

これは四月一日から五月二〇日までの毎日を記した、日記そのままの体裁の〝作品〟である。

つまり、元の日記から破り取ったはずの四月二五日以降の日記が収められているのだ。だから、「春の日記」の記載を事実と信じれば、パリ滞在中のすべての日々の様子が分かるわけで、元の日記が破り取られていようが関係ないのである。

問題は、四月二八日~五月一日のパリ郊外の旅行が白井と一緒だったかどうかではなく、実はパリ郊外と思わせたこと自体が偽装であり、アリバイ作りだと言ったら驚くだろうか。

二人は別な場所に行っていた。

芙美子はベルリンに行っていたのだ！

パリ滞在中から書いていて、三二年八月の「改造」に発表した小説「屋根裏の椅子」には、白井晟一をモデルにした恋人が出てくる。

その恋人が「もうじき送金して来ますから、そうしたら、二人でベルリンへ行きましょう」と主人公を誘う場面がある。

日記の四月八日にも「夜白井君来訪」とあり、「学生〔注：当時ベルリン大学に在籍中〕らしくてさつぱりした人だ、二十四五日にはベルリンへ帰へる由、ハイデルベルヒはいいところだと云ふ事だ、金があつたら行きたいな」とある。このとき誘われた可能性は高い。

小説では、主人公は、ベルリン行きを断る。ベルリンなどへ行っても、自分も夫も母親も皆、滅びてしまうだけだと帰国の途に就くのだ。別れの日、恋人は「僕は貴女を見送ったら、此金で伯林へ帰へろう」と告げる。

しかし、現実の芙美子はベルリンへ行っていた。

その資料は、昭和一六年の「文芸銃後運動講演集」（文芸家協会発行）の中に発見した。

林芙美子は「銃後婦人の問題」と題して、「十年程前、欧洲へ行き、ベルリンのツオという動物園の近くに、下宿していました時、そこのお神さんが、夕食が済むと、電気を消していましたけれども、話をするのに、燈火はいらないと言って、暖炉の火明かりで、私達は話をしあいました」と講演で語っているのだ（183ページ参照）。

短い旅の宿を〝下宿していた〟とは言わない。芙美子は白井晟一がベルリン大学へ通う下宿に同宿したのだ。もう時効だし、いずれにせよ聴衆には分かるはずもないと思ったのか、〝私達〟と悪びれもせずに語っている。

彼らは〝燈火はいらない〟愛欲の日々を送ったのだろう。その間の日記は、どうしても破り捨てなければならない。

芙美子が五月一三日に帰国の船に乗ったのは事実だ。『私の紀行』（昭14・7）に「マルセイユより横浜までの勘定書」が載っていて、例によって細かい支出が記録されている。「春の日記」でS氏（白井）とO氏（大屋）以外の第三者が出てくる場合は、偽装しようのない日だ（大屋は二人とグルだと考えていい）。すると、破り取った初日の四月二五日は第三者の「H女史」が出てくるので嘘はつけないが、二六日はSのみ、二七日はSとO、二八日～五月二日は本人のみしか登場しないので、誰にも本当かどうかを証明できない。同三日は再びH女史が登場。

以上からみて、四月二六日～五月二日の八日間を二人はベルリンで過ごしたと考えられる。逆に、それ以外にまとまった日にちは取れない。

ベルリンの次はモスクワだったはず

それだけではない。もっと重大な問題がある。

筆者は、白井が、ソ連への亡命に芙美子を誘ったのではないかと思っている。

白井は芙美子と別れた後、モスクワに渡って一年滞在し、ソ連に帰化しようとしたほどの人間だ。白井が誘ったのはベルリンだったにしても、最終目的地はモスクワだったのではないか。

しかし芙美子は断った。それこそソ連などへ行っては、「自分も夫も母親も皆、滅びてしまうだけだ」。そこまでプロレタリア革命のイデオロギーに殉じるつもりはない。

「巴里日記」にこうある。「私は日本の可哀想な私の家族を忘れることがどうしてもできません。S氏よ、あなたはあなたの幸福輝くばかりの道があるでせうし、私には私の道があるのだろうと思ひます。貧しい私は、貧しい人達とともに歩む道しかありません」

芙美子にとって、「プロレタリア」と「貧乏人」は違うのだ。

「巴里まで晴天」の末尾にあるのが、芙美子の真骨頂だ。

「いつも真実なものが埋れ過ぎて、一寸芝居気のあるものか、意張るか、卑下する者か、こんな者達がどこの国でも馬鹿馬鹿しく特権を得ているものだ。プロレタリヤと言うハイカラ語をつかう前に、私は長い三等の汽車旅で、あんまり人のいい貧乏人達を見過ぎて来た」

前者は白井の道、後者は芙美子の道。

芙美子は五月一二日夜、リヨン駅を発ち、一三日、マルセイユ発午後五時の榛名丸に乗船する。ナポリ、ポートサイド、シンガポール、香港を経て、六月一二日の朝八時に上海に入港すると、自動車で四川路の内山書店と魯迅宅を訪ねる。

魯迅は「上海事件（62ページ参照）の後のせいか非常に疲れたような顔をして」いたという。しかし、「私が巴里の話をすると、それをむさぼるように訊いていられた」（「魯迅追憶」）。

榛名丸は六月一五日、神戸に入港した。

芙美子は白井晟一への思いに苦しんだ。

七月一日以降の日記には、晟一のことばかり出てくる。同一三日には、隠しておいた晟一の手紙を緑敏に読まれ、「ゆるしてほしい。だが、晟一は心の墓標だ。／だが、それだけ、私はとにかく命ながらへむ」と書いている。

共産党がらみで拘留された芙美子

一年後の昭和八年九月四日、日本共産党に寄付したという理由で、芙美子が中野警察署に一〇日間拘留されるという大事件が起こる。

評伝『林芙美子』を書いた平林たい子によると、共産党の理論家・福本和夫（当時は獄中）の愛人の一人と称する女性が、インテリの間を回って、革命は近い時期にあるから金銭を提供すれば革命後の取り扱いが考慮されるという、脅迫まがいの方法で金を集めていた〔注4〕。芙美子は断りきれない付き合いとして、ふらふらと金を渡したのだろうという。深い背景はなかったようだ。

〔注4〕「特高月報」昭和八年五月分の「日本共産党の運動状況」には、「昨年十月末以来引続く検挙により、党財政は極度に窮乏し、赤旗の定期刊行も容易ならざる状態に陥りし為（略）『党防衛七万円基金カンパ』を提唱し、五月より十一月七日迄を期間とし、凡ゆる方法によりて基金を募集すべきを指令したり」とある。

戦後になって芙美子は、このときのことを振り返っている（「夢一夜」昭22）。

「殴られる。蹴られる。もう二度とあんな機会が来ては厭なのだ。心臓弁膜症と云う厭な持病を持ったのもこの時の記念であった〔注5〕。狭い留置場のなかには、社会へ出て何の発表もできないような地獄さながらの景色があった」

「生活に困っているひとへ幾何《いくばく》かの金を与えたと云うだけの理由ではいったのである。只そのひとが左翼のひとであったと云うだけの事であった。長い間の友人で、女の身で、壱日一日をしのぎかねているのを見ては、それを見捨ててしまうほど菊子〔注：主人公〕は無情な気にはなれなかったのだ」

〔注5〕二〇歳の頃から芙美子を知る平林たい子によると、芙美子は若い頃から自分は心臓弁膜症だと言っていたという。「夏になると私はだめなのよ」と言って、畳の上に枕を置いてごろごろしていた。しかしその後、体が丈夫になったことは中国戦線等での活躍を見れば分かる。ただ、この頃から再び心臓弁膜症が気にかかるようになって、留置場に入れられた恨みと重ねて書いたのかもしれない。昭和二五（一九五〇）年の冬には階段を上るのにも苦労するようになり、翌二六（一九五一）年六月、心臓麻痺で急逝した。

プロレタリア作家の平林が、芙美子と共産主義ほど縁遠いものはない、と断言する。

「彼女はシベリヤ鉄道でヨーロッパに行ってから、ソ連社会にある人民と将校、官吏と働く者などの間にある不平等を見て、自身三等客だったせいもあって、無関心を敵意に近く替えていた。／アナーキーな行動をとっていた頃でも、アナーキズムにはいつも若干の反感を示した。が、それは政治に対する反感だった」

それでも〝コミュニスト〟白井晟一への思いが、こんなところで芙美子を甘い行動に走らせたのかもしれない。

一つ疑問に感じるのは、共産党員の愛人に金を渡したくらいで、はたして一〇日間も拘留されるだろうか、ということだ。それは表向きの拘束理由で、実は白井晟一との関わりを調べられたのではないか。折しも白井がちょうどソ連から帰国した頃だ。

それからわずか四年後の昭和一二年、人気女優の岡田嘉子がソ連に亡命した事件には、芙美子も思わずゾッとしたに違いない。

岡田嘉子は、芙美子のわずか一つ年上。大正から昭和初期にかけて、サイレント映画のトップ女優だった。昭和一一（一九三六）年、岡田の舞台を演出した、共産主義者の演出家・杉本良吉と恋に落ちる。杉本は昭和六年、日本共産党指導部の密命を受け、コミンテルンとの連絡回復のためソ連潜入を試みて失敗したという人物だ。まさに白井晟一とも重なる。

昭和一二年暮れ、二人は上野駅を出発。北海道を経て一三年一月三日、地吹雪の中を、樺太からソ連に越境した。事件は連日新聞に報じられ、日本中を驚かせた。

ソ連は二人を別々の独房に入れ、一四年、裁判で、岡田には自由剥奪一〇年の刑、杉本には銃殺刑の判決を下し、処刑した。

白井晟一は昭和八年に帰国後、しばらくしてから建築設計者としての道を歩むことになる。戦後、数々の賞を受け、一九八〇年には日本芸術院賞を受賞した。書家でもあり、八三年に七八歳で亡くなっている。

白井の初期の仕事である、一九四九年から五二年にかけての秋田県雄勝町秋ノ宮の建物「浮雲」について、今川英子は「芙美子の晩年の傑作『浮雲』と同名なのは単なる偶然であろうか。しかも建設期間と連載期間が重なっている」という興味深い指摘をしている。

第五章　「内地」だった樺太

住民の九五パーセントは日本人

北緯五〇度以南の樺太（南樺太）は明治三八年、日露講和条約（ポーツマス条約）で日本の正式な領土になった植民地である。

幕末に結ばれた日露和親条約では、両国民が雑居する樺太について国境を画定できなかった。

それを解決したのは榎本武揚《たけあき》だ。

榎本といえば徳川幕府の海軍副総裁で、箱館（函館）の五稜郭で官軍と最後まで戦ったことで有名だ。

敗戦後、西郷や大久保が処刑に反対して、榎本は命を救われる。その後は北海道の開拓に携わり、一八七四年にはロシア公使に任命された。翌七五年、日本は千島列島すべて、ロシアは樺太を領有するという「樺太・千島交換条約」をまとめ上げた。

その後、日露戦争で日本軍が樺太全島を占領。そして、前述したように、ポーツマス条約で南樺太が日本に割譲されたのである。以下、日本領土の「樺太」とは、北緯五〇度以南の樺太のことである。

他の植民地と違い、もともと住民の九五パーセントほどが日本人だった（残りは樺太アイヌや少数民族、ロシア人など）ため、樺太は昭和一八年四月になって内地に編入された。それによって、樺太庁も内地の地方官庁と同じ扱いになった。

ちなみに、千島列島は北海道の行政区域であり、当初から内地だった。

樹木がなくて驚く

林芙美子は昭和九（一九三四）年六月、樺太を訪れた。その足跡を「樺太への旅」（『文芸』同年八月）によって辿る。芙美子は旅の動機を明らかにしていないが、大好きなチェーホフの「サハリン島」が心にあったのは間違いない。

五月二四日に津軽海峡を渡り、六月初めに稚内に着いた。

道中、桜やリンゴの花を見ながら来たのに、稚内は氷雨模様で、まるで冬だ。改札を出ると、船の待合室の人たちは男女を問わず、一様に鰊《にしん》のにおいを放っている。わずか三年前にロシアを見てきた芙美子には、彼らが「ロシアの農奴」のように見える。樺太の三〇万人足らずの人口のうち、ロシア人は数百人で、それほど多いわけではないのだが、ロシア人の太った汚いお婆さんが、熱い牛乳を飲んでいる。ほかには、紋付を着た色の黒い芸者などがいる。

時間があるので、わびしい小さな港町をひと回り歩いてくると、蒸気船「亜庭丸」が来ていた。「亜庭」は樺太南部の手のような湾の名だ。前夜、漁船と衝突して入港が遅れたのだという。漁船が浸水して二、三人が行方不明なのだが、「夜の宗谷海峡は霧が深いので時々こんな事があるそうです」と、こともなげに書いている。

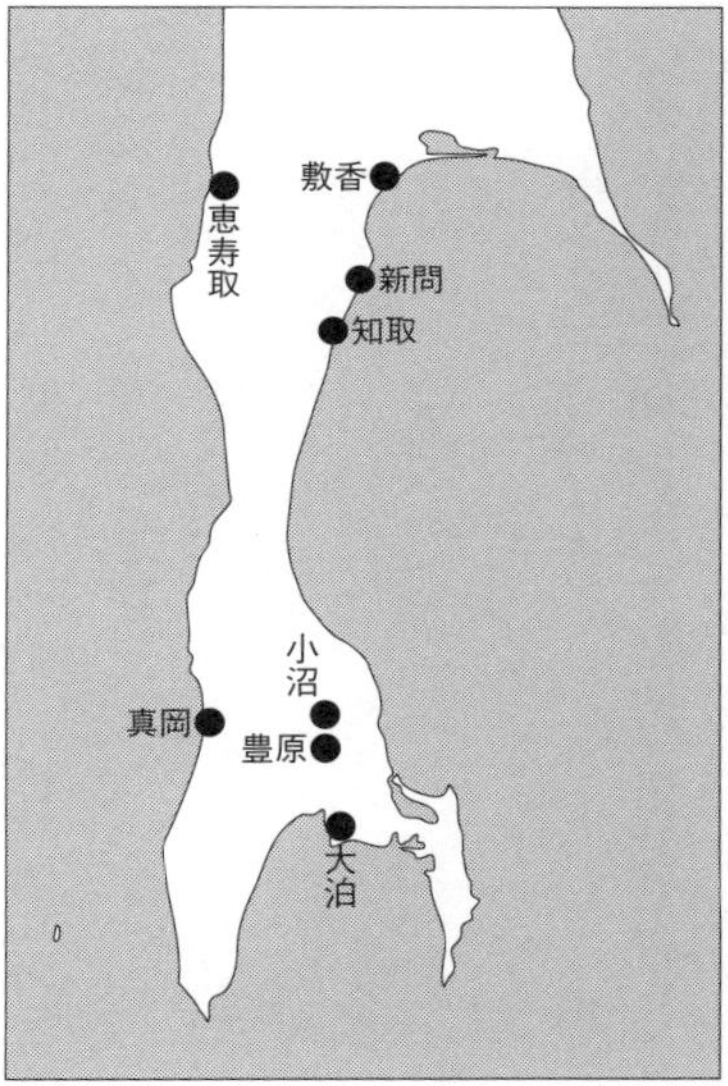

八時間余の船旅も、札幌で同じ宿だった化粧品のマネキン（売り子）たちと再

会したおかげで楽しく過ごす。三日遅れの新聞で、東郷平八郎海軍大将が五月三〇日に八六歳で死去したことを知る。

午後四時頃、樺太の大泊港に到着。稚内よりは少し立派だ。

樺太庁鉄道に乗り換え、中心都市の豊原〔注1〕には同六時頃には着いた。

〔注1〕日本はそれまで南樺太の行政都市であったコルサコフ（大泊）から、やや北にあるウラジミロフカを開発し、豊原と名付けて中心都市へ発展させた。一九〇七年四月、樺太庁が豊原に設置され、軍政から民政に転換して本格的な統治が始まった。豊原は現在のユジノ・サハリンスク。

途中、芙美子が何より驚いたのは、野山に樹木がないことだった。

朝鮮に樹木がないのは昔から聞いていて、三年前に通過したときに見たが、大した禿山でもなかった。ところが、樺太の山野は「樹の切株だらけで、墓地の中へレールを敷いたよう」だった。

芙美子は、切りたいだけ木を切って売ってしまう不在地主や盗伐者、流れ者に憤り、木が可哀そうだと嘆く。

「私は左翼でも右翼でもありませんが、此様な樹のない荒寥とした山野を眼にしますと、誰にともなく腹が立ってならない。樺太の知識階級の夫人たちは、ストーブのそばで景色も見ないで編物ばかりしているのでしょうか。女が、平気でこの切株だらけな朽ちた山野を看過しているとするならば、それはもはや、植民地ずれがしているとしか云えません」「せめて、女の人たちからでも樹をいたわる運動をおこしてほしいものです」

「左翼でも右翼でもありません」という一節は、このあとの豊原での、警察との不快な一件と心情的につながる。左翼だの右翼だのというレッテル張りは、現代も八五年前も、ちっとも変わらないようだ。

警察にマークされ、いびられる

豊原の殺風景なホテルに泊まった翌朝早く、警察から電話が来た。

「何時《いつ》来たのかね」

「昨夜参りました。何か御用事ですか？」

「ちょっと来いよ」

「貴方はどなたですか？」

「もと中野×にいたものだよ」（原文は伏せ字だが、おそらく「署」だろう）

「はあ、そうですか、何の用事でしょう?」

「まァやって来いよ。見物位させてやるよ。アーン」

「そんなところはこわいからまっぴらですよ」

「何かこわいことをしているのかね。こわいことをしていると……ハッハッ……」

こんな調子だ。

前年九月、日本共産党に寄付したかどで、芙美子が中野警察署に拘留されたことを言っているのだ。

芙美子は無視して、朝日新聞の支局員の案内で、樺太庁へ概要パンフレットをもらいに行く。現地の新聞記者を利用するのが芙美子の行動パターンだ。

警察部の「えらい役人」となごやかに話していると、一人の巡査が入ってくる。

「やァ、こんなところにいたのか」と芙美子を見て、質問してくる。

「中野に何日位いたかね?」

「十日です」

「誰が調べた?」

「警視庁……××と云う方です」

「××？　ふんきいたことがないねえ」

朝、電話してきた警官だ。記者も役人もあっけにとられている。

「私は貴方の顔に少しも記憶がないのですが、人まちがいではないでしょうか？」

「俺はよく知っているよ。君はシンパで這入って来たじゃないか」

芙美子は不覚にも泣き出してしまう。「旅空に来てまるで被告あつかいにされた此様な暴言にはたえられなかった」

役人が「まァまァ」と巡査を部屋から去らせたが、「警察部のえらい役人」でも一介の巡査に対して強く出られないのは、彼が特高警察（特別高等警察部）だったからだろう。特高は各府県の警察部ではなく、内務省警保局保安課が直接指揮した。今の公安と同じである。

旅先までマークされ、芙美子は悔しく情けない思いでいっぱいだ。

「どんな理由であんな人間に私は侮蔑されなければならない理由があるのだろうか、何も云いかえし一ツ出来なかったのでよけいに自分に腹がたって仕方がない」「何割かの植民地手当で、これだけ威張って……」

芙美子は八月にはもう、この文章を雑誌に発表し、ペンでお返ししている。

製紙業で繁栄する島

小沼まで汽車で養狐場を見に行く。毛皮を取るため、「町は近来とみに狐を飼うことが盛んで、個人で二、三匹飼っている家はざら」。農業試験所を訪ねると、「林に囲まれた広大な金網の中」に「野性的で美しい」狐がいる。子狐は牛肉と卵と牛乳で育てられ、「台所を見るとなかなかゼイタク」だ。

帰りは汽車を逃して、豊原まで乗合自動車に乗る。

窓外には時々、ロシア風の丸太小屋があって、「桃色の肌をした露西亜人の少女が、着物を着て学校から帰って来る」。「パンを商うか、靴屋でもやるか、おおかたそんな風なことでたつきをなしているのでしょう」「土がぽくぽくしていて、まるでシベリアの小村落のようです」

翌日の早朝、豊原を出て、国境（北緯五〇度線）に近い敷香《しすか》目指して汽車で北上する。あらためて林業のパンフレットを読むと、「老壮の緑樹群生し」とあるのだが、芙美子は沿線に木らしい木を見ない。

車中で、芙美子は王子製紙の一社員に、なぜ植林をしないのか尋ねる。「まァ無尽蔵ですからねえ」という答えだ。王子製紙の工場は、ほとんど全島に及んでいる。車内も同社の役員でにぎわっている。樺太島ではなくて、王子島だという人もいる。どの駅にも、木材が山積みしてある。

あるホームでは、ロシア人のパン屋が「パンにぐうぬう」と連呼している。芙美子も買ってみるが、「内地で日本人の焼いたパンの方がよっぽど美味しい」と、がっかりだ。

オホーツク海は荒れて、暗い。

しかし知取の町は、豊原よりにぎやかなくらいだ。

町は「まるでヴォルガ河口の工場地帯のようで」、煙は「林立した煙突から墨を吐き出しているよう」に見える。新聞紙やマニラホール、模造紙、乾燥パルプを作っているといい、製紙業のおかげで樺太はかなり活気があったことが分かる。東京から来た本屋の重役を出迎えるなど、王子製紙の役員も大変なもてなしだ。

少数民族を教える小学校を訪問

鉄道は新問まで。そこから鰊臭い乗合自動車に乗り換えて、敷香に向かう。六月というのに二月頃のように寒い。途中、内路の町では、朝鮮の女が広場に火を焚いて、鰊をすだれのように下げて燻している。

薄暮ながら夜の九時、敷香に着いた。

翌朝は幌内の河口に行って、土人が鱒《ます》を網で獲っているところを見る。見るまに二尺(約六〇センチ)近い鱒が三尾獲れた。生きているのを一尾五〇銭で売ってもらう。宿で朝食にしてもらい、堪能する。

国境まで行くつもりでいたが、ハイヤーで六〇円から七〇円かかるというので断念。予定を変更して「オタスの森の土人部落」に行くことにする。

宿近くの渡し場から、川の三角州らしきオタスの島(オタスとは「砂の多い所」という意味らしい)に渡る。

広大な砂丘の向こうに、ポツンと孤独な小学校がある。

訪ねると、一年から六年生まで二〇人ほどが一部屋で、大きく口を開けて歌っている。オルガンを弾いている女の先生と、校長先生兼小使いさんは夫婦。二人で学校をやっているのだ。

校長に子供たちの図画を見せてもらうと、名前が面白い。「オロッコ女十一才、花子」や「ギリヤーク女八才、モモ子」などとなっている。オロッコやギリヤークは種族名で、どの顔も蒙古人のようだと芙美子は書いている。当時は「モンゴロイド」という知識はなかったのだろうか。

老教師夫妻に「淋しいでしょうねえ」と言うと、「大変いいところで、かえって外へ出るのが不安だ」と答える。実に自然人だと感心している。

筆者はいつも芙美子の残した文章の正確な記録性に驚くのだが、ここでもまた遭遇した。加藤聖文『「大日本帝国」崩壊』に、芙美子の行ったこの「オタスの森（杜）」が出てくるのだ。

「樺太の少数民族は、敷香に近いオタスの杜と呼ばれるところに集住させられ、『土人教育所』で日本語による教育を受けていた。彼〔注：ウイルタ人のゲンダーヌ、日本名は北川源太郎〕もそのなかで『帝国臣民』の自覚を持ち、同じ少数民族とともに対ソ戦にも参加、シベリア抑留からそのまま故郷へ戻らずに当然のようにナホトカから舞鶴へ引揚げてきたが、迎え入れた『祖国』は、彼を日本人として扱わなかった。ゲンダーヌは、軍人恩給の認定を政府へ訴え続けたが最後まで認められず、網走に小さな少数民族の資料館と慰霊碑を建ててこの世を去る」

これを読んでから芙美子の文章を再読すると、なおさら味わい深い。

馴鹿《となかい》を四千頭持っているという〝馴鹿王〟の家に行くと、家族は皆、馴鹿を追っていって留守だ。部落には丸太の檻に熊を飼っている人もいる。熊祭の夜は、部落の土人もカヌーを漕いで敷香のカフェーに飲みに来るという。新興の町らしくカフェーや料理屋が多い。シスカ会館という店は女給が二〇人もいて、「メリンスのセーラア」を着ていた。

別な日、芙美子は町会議員のモーターボートで幌内の河口を上り、多来加《たらいか》湖へ行った。そして、「敷香ぐらい樺太中で、いいところは外にない」という思いを胸に、後にする。

北方領土問題の始まり

前掲『「大日本帝国」崩壊』に、意外な事実が書いてある。

「一般住民を巻き込んだ国内唯一の地上戦は沖縄戦という表現は正しくない。『内地』であった樺太で行われた戦闘が住民を巻き込んだ最後の地上戦であって、しかも八月十五日を過ぎても続いていた」

満州にソ連軍が侵攻した八月九日の朝、ソ連軍は南樺太にも武力行使した。国境警察を襲撃して巡査二人を殺害し、監視哨を砲撃したのである。

そして、同一一日から、本格的な樺太侵攻作戦が始まった。

不意打ちの侵攻に直面しながら、日本軍は頑強に抵抗した。

しかし、一四日午後六時にポツダム宣言受諾が伝えられ、一五日には玉音放送が流れた。停戦と戦闘という相反する命令で、現場では混乱が生じていた。

一方、ソ連軍は一六日、恵須取《えすとる》近郊に上陸、住民で組織した義勇戦闘隊員を巻き込んだ市街戦となり、一七日に占領された。その過程で、ソ連軍に追われた太平炭鉱病院の看護婦による集団自決が起きた。

二〇日未明、ソ連軍艦が真岡に艦砲射撃を加えた後、上陸して市街を制圧した。真岡郵便局の女性交換手九人が服毒自殺した。

二二日、ようやくソ連との間に停戦協定が成立した。ところが、その直後、ソ連軍機が豊原を爆撃する。「日本内地に対する最後の無差別爆撃」である。ソ連軍機は爆弾を投下した上で、避難民に機銃掃射した。これによって百人以上が死亡したとみられている。

ソ連軍は二三日豊原、二五日大泊に進駐し、南樺太全土を占領した。そして大泊を拠点に、南千島占領へ向かった。

二八日択捉島に上陸し、翌日日本軍を武装解除。九月一日国後島と色丹島、同五日歯舞諸島を占領した。

以上が、北方領土問題の始まりである。

樺太と千島で拘留された日本軍兵士はシベリアへ送られた。

芙美子が昭和二四年四月に発表した短編「下町《ダウン・タウン》」の主人公「りよ」の夫は、シベリアに抑留されたまま四年（出征してから六年）帰ってこない。

第六章　侵略する欧米、非難されるのは日本

水浴を禁じられる地元の中国人

昭和一一年には二・二六事件が起こった。

岡田啓介内閣は総辞職し、広田弘毅が新首相となった。

昭和六年に芙美子がシベリア鉄道に乗って、機密書類を満州からモスクワまで届けた、当時のソ連大使である。何らかの感慨はあっただろう。

結論を先に言えば、広田内閣は翌一二年一月、あっけなく総辞職、一〇カ月半で崩壊してしまう。二・二六事件から一〇数日続いた政治的空白を埋めたことは評価できるが、実績には乏しかった（服部龍二『広田弘毅』）。

文泉堂版『林芙美子全集』の年譜（今川英子作成）によると、昭和一一年五月、夫の緑敏は満州へ写生旅行に行き、一〇月まで滞在。芙美子は一〇月、満州、山海関《さんかいかん》、北平《ペーピン》（現在の北京）に遊び、緑敏と合流したとある。

芙美子の「北京紀行」は山海関から始まる。大連、奉天は「通って来た」とだけある。のちの「凍れる大地」に「事変前、私は良人と山海関まで旅行をした事があった」とあるので、芙美子と緑敏は大連か奉天で落ち合い、二人で山海関まで旅行したあと別れ、芙美子だけが北京に足を伸ばしたと思われる。

山海関は「万里の長城」の東の起点で、満州国と中華民国の境界という要衝だ。ここより東を「関東」といい、日本の租借地である関東州や関東軍の名は、これに由来する。

さぞ寂しい所だろうと想像していたのに、「狭い町ながら、人でいっぱい、食物屋でいっぱいと云った賑やかな町だった」。

朝九時頃、朝鮮人の案内人を頼み、ロバに乗って万里の長城へ向かった。まず城内を突っ切るが、店が密集していて楽しい。月餅を売る菓子屋の旗に「味圧江南」（味は江南を圧する）とある。何かと南北で対抗意識があるのだ。

郊外に出ると、時々、日本の軍用トラックに出合う。

山の上の角山寺に一一時頃着いた。裏山から見える万里の長城に驚嘆する。「壁の高さ三十尺〔注：九メートル〕、厚さ二十五尺の山の壁なのだから、始皇帝の夢想にしては、大きすぎる仕事である。ピラミッドやスフィンクスの比どころではない」

芙美子は山海関が気に入り、三日もいた。夜の城内は暗く、日本の芸者屋の格子戸がちょっと明るい程度だ。

昼間、海辺に行くと、九十九里浜のような汀《みぎわ》に「英国人の他は水浴を禁ず」「仏蘭西人の他は――」と書いた黒い木札が立っている。また、ドイツ、アメリカなども木札で水浴場の領分を体よく示していた。芙美子はアメリカや英国の砂浜に寝転んで、「土地の素朴な住民たちは、暑いさかりになったら、いったいどの辺の砂浜まで泳ぎに行くのだろうか」と、やるかたない気持ちになる。

ちょうど、アメリカの水兵たちがロバを仕立てて、角山寺へ列を成して行く。後ろからビールを冷やした水樽を天秤棒で担いだ人夫たちが、額に汗してよちよちと何里も歩いていくのだ。

夜汽車で北京へ向かう。中国兵の検問だろうか、「調べる者の態度の怖さに、まず旅の憂鬱もすくなからずだ」。

「日本に好意はなくなりました」

北京も山海関も砂塵の多いのは閉口だが、北京には「ロマンチック」「すべてが風雅」と魅了される。樹木と真四角な建築が多い。

例によって大毎支局を訪ね、日本人ガイドを頼んでもらって北京市内を見物して歩く。紫禁城の壮大さに初めは歓喜し驚くが、だんだん反感すら抱く。庭の石畳に草が生い茂って廃墟になり、昔は「色々な階級が列をなして歩いていたのかと思うと、雑草も一本一本気持ちわるく」なる。

清朝最後の皇帝、溥儀は一九一二年の退位後も紫禁城で暮らしていたが、二四年に追放された。日本が受け入れを決め、二五年二月、溥儀は天津の日本租界に移った。ちょうど芙美子がパリに行くため満州を通過する三一（昭和六）年一一月、溥儀は日本軍の手で天津から満州に脱出した。翌三二年三月の満州国建国で溥儀は執政となり、三四年三月、皇帝に即位した。この二年余り前だ。

北海公園の茶店で休んで湖上を眺めていると、「青い空の上をぶんぶん唸って、日本の飛行機が飛んでいた」。

北京では二〇日近くも過ごす。支那料理は「舌が気絶しそう」に美味しい。中秋の名月を知人らと連れ立って見に行く。三、四人のフランス兵が合唱しながら月を見て歩いている。

「アメリカ区域」の城壁に登る。「支那人の登るのを禁ずる」と張り紙がしてある。上は広い並木道になっていて、外人の女たちが石垣にもたれて歌っている。

別な日、精華大学の学者に連れられて、建築家の家庭へお茶に呼ばれた。そこの夫人に「日本の女性は、いったい支那の女に就いて、どんな風な考えを持ってくれているのでしょう。自分は代々の親日家で、日本には非常な好意を寄せていたが、いまは、何もなくなってしまった。かつてアメリカに留学していた時の自分の望郷には、日本を懐かしむ気持がたぶんにあったけれど、こんな風な状態になっては、最早何もなくなりましたよ」と言われる。

芙美子は「東洋の平和は、東洋の女たちがもっと手を握りあってもいいのじゃないのだろうか」と考える。東洋を侵略しているのは欧米なのに、東洋人同士は手を握り合わない。

芙美子は中国で「各外国の大資本を投じた文化侵略」を見てきた。そして対照的に「如何にも不器用な日本」の姿も感じた。侵略しているのは欧米なのに、非難されているのは日本だ。日本だけがアジアで、いや世界で唯一、欧米と戦っているのに。

ついに芙美子の愛国心が爆発する。

「日本の女は本当の愛国婦人になってほしい。／城壁に上ることも許されない支那人たち自身は、いったいどんなことを考えて暮しているのか女を視れば非常によくわかって来る。日本の女は、もっと兵隊を愛さなくてはいけない。私が帰る時、満州はもう寒むかった、国境に働いている人たちには感謝の気持ちだ」

「北京や天津の外人経営のホテルの手洗場へ行くと、まず眼につくものは、支那人の使用を禁ずと云う張り札である。外国人は口で宗教を説き、公園をつくったり、病院、図書館、大学を建ててやって、小さなこんな侮蔑は平気なのだろうか。色々な大学も視た。図書館も視せて貰ったけれど、学長がアメリカ人であり、館長がアメリカ人である」

さらに芙美子は北京で、文章にできない、最低最悪のものを見たという。

支那新聞の記者の案内で、「ヘロインや、阿片を吸う大規模な前門街の遊技場にも行ったが、これは残酷で書けない」。また、ある日、二人の婦人と天橋通りの途上で、「銃殺されるモルヒネ患者の護送を見たが、売るものが悪いのか、買うものが悪いのか、それはここでは書けない」という。芙美子が「書けない」というのは珍しく、よっぽどのものだろう。

租界の外の地獄

北京のあと、天津に寄る。「白河《はくが》の旅愁」には、三府管という凄絶な場所が出てくる。新聞記者二人と行くのだが、芙美子は全く生きた心地がしない。あちこちに行き倒れの死体が転がって、その服や靴を剥がしている者がいる。「屋根のない平地に、がやがや人が群れているきりのところ」で、「死骸のじき傍で揚げ物を売っている店があったり、喰えるとも思われないようなソーセイジ屋なんかが、雨のように飛びかう蝿のひどい店を拡げて」いる。「まるで思想と云うものがなく、犬や猿と同じ生活のようなのだから、人間的なモラルを越えてゼンマイみたいなものがゆるみきっている」

一方で、天津の租界には「日本的なもの、英国的なもの、ドイツ、フランス、アメリカ、各国の街のスタイルが区分されていて、いささかの混乱もない」。「この美しい街の景色をみて、同じところに三府管のような町があるとはどうしても思えない」

天津を発ち、白河を下る芙美子を記者二人は羨ましがる。

若い新聞記者として洋々たる思いで日本を発ってきたが、ひとたび白河の泥色の河を遡ってみると、何もかも夢は吹き飛んでしまうのだという。

中国のように、日本は列強の餌食になってはいけない。日本は負けてはならない――。
芙美子は強く確信したに違いない。
翌年から芙美子は、取り憑かれたように戦場を駆け巡るが、その原点はここにあった。

第七章　南京に行くまで

はつらつとした少年航空兵に頼もしさ

昭和一二年、芙美子は茨城県の霞ヶ浦海軍航空隊を見学した。何月に行ったか定かではないが、「霞ヶ浦海軍航空隊見学記」が発表されたのは『婦人倶楽部』七月号である。

第一次世界大戦中の大正五（一九一六）年、海軍で最初の航空隊である「横須賀海軍航空隊」が誕生。大戦後の大正一一（一九二二）年には、陸上機と水上機の両方の訓練のため、阿見原に「霞ヶ浦海軍航空隊」を、霞ヶ浦湖畔には「霞ヶ浦海軍航空隊水上班」を開設した。

霞ヶ浦海軍航空隊の見学について芙美子は冒頭、「神風機〔注1〕があんなにすばらしい業績を果してから」飛行機への関心が高まり、自分も非常に楽しみにしていたと書いている。

〔注1〕神風特攻隊との混同を避けるためか、現在では「神風号」として各事典には記載されている。昭和一二年に朝日新聞社が行った東京～ロンドン連絡飛行の使用機。四月六日、立川（東京）を出発し、一〇日（日本時間）ロンドン到着。一万五三五七キロメートルを九四時間一七分五六秒（飛行時間五一時間一九分二三秒）で飛び、日本最初の世界記録を樹立した。乗員は操縦士と機関士の二人。

「航空隊は九十万坪もある広さだと聞いたけれども、全く満州の野原でも見ているように広漠と広い」。その上を何機も「爆音勇ましく飛行機が飛んでいる」。

前年、「日本の女は、もっと兵隊を愛さなくてはいけない」（「北京紀行」）と訴えながらも、芙美子自身、まだ軍人と身近に接したことはなかったようだ。

案内の副官、佐久間少佐に会い、「『軍人さん』と云う何か怖い概念がふきとんでしまって、佐久間さんは大変温和ないい方であった」と安心する。病院や兵営内の、こまごました所を見せてもらう。

芙美子は「甲種飛行予科練習生の栞《しおり》」をもらう。

「教育は約二ヶ年で、初めの一ヶ年は横須賀、後の一ヶ年は霞ヶ浦、または横須賀で行われ、初めは主として一般軍事学、後には主として航空術を修得し、優秀なる飛行機搭乗員として養成せらる」

実はこの年、甲種飛行予科練習生（甲飛）の制度は設けられたばかり。一期生になった東秋夫『奇蹟の中攻隊』（光人社）によると、「六月、願書受付。七月、身体検査。八月初旬、学科試験。そして合格者発表」だから、芙美子が見たのは従来の少年航空兵だ。応募資格は「十六年の少年航空兵が沢山いて、教室ではつゝつゝと勉強していた」という。満一五歳以上～一七歳未満だったので、「十六年」は「十六歳」のことだろう。

芙美子は「水上」を見学に行く。霞ヶ浦湖畔での「水上班」の訓練だ。

「水上では少年航空兵たちがさかんに飛行機に乗って練習していた。銀灰色と赤の大きな飛行機が、まるで鳥が並んだように、コンクリートの勾配のゆるい渚に沢山並んでいて、練習は次から次に続けられている。／飛行機が飛んで帰って来ると地上員の人たちが、ぽちゃ、ぽちゃ水のなかに這入って飛行機を渚の上へ鉄の小さい車輪で引っぱってあげていた。／赤い旗と白い旗を振っている少年兵もいる。風の方向を知らせているのか、旗を両手にささげたまま寒い風のなかに何時までも立っていたり、わからない乍らもほんとうに勇ましくって、私はこれこそ、日本の動脈だと思うのだった。大きな波しぶきを蹴って、飛行機を迎えに行く人達だの、号令をかけている人、機械を洗っている人、大きな格納庫、全く素晴らしい眺めである」

佐久間少佐は帰りには玄関まで送ってくれ、芙美子は「私達も学ばなければいけない」と、彼の言動に感心している。そして、「今後ますますこの素朴な飛行場から、いいパイロットが出るように祈らずにはいられない。自分の子供を霞ヶ浦の飛行隊に送っているお母さんや姉さんがあったら、私は安心して待っていらっしゃいと云いたい。／みんなのびのびとしていて、壮健な勉強ぶりは私の目にも力強くたのもしく写りました」と結んでいる。

三六歳の夫に召集令状

この直後、日中戦争が始まる。

昭和一二年七月七日。北平《ペーピン》（北京）の南西一五キロ、蘆溝河（永定河）に架かる蘆溝橋。中国軍の守る要衝だ。近くの河原で、日本の支那駐屯歩兵第一連隊第三大隊第八中隊（中隊長以下一五〇人）が夜間演習していた。夜一〇時半ごろ、演習地の近くで銃声があり、翌午前三時すぎ、再び銃声が起こったことから、北平の連隊長によって午前四時二三分に攻撃命令が出され、同五時半には、日中両軍は交戦状態に突入した。

これが日中全面戦争の発端となった蘆溝橋事件だが、誰が発砲したのか、いまだに真相は分からない。ただ、現在では日本陸軍の謀略説は消え、中国側の発砲ということでほぼ落ち着いているようだ。ただし、あくまで「偶発的な発砲」ということになっている。しかし結果としては、宣戦布告なき戦争となったのである。

数カ月後、芙美子夫妻の運命も大きく変わる。「応召前後」「夫婦」の記述で見てみよう。

夜、信州の夫の田舎から電報が来た。

「いよいよ来たかな」「来たわね」

応召の通知だ。夫の緑敏は怖い目でじっと電報を眺めている。

あと三、四日しかないと奉公袋の整理を始めた。芙美子も手伝う。

翌晩、赤い召集令状が田舎の役場から来た。

夫は散髪に行って、三六歳で坊主頭になった。芙美子は下着を整理し、友人に千人針を頼んだ。

三日目、昼近くの汽車で夫の田舎へ。着いたのは夜九時頃で、駅に義兄や甥が迎えに来ていた。家には「祝出征」の門松が立ててあった。義父は大喜びで、「これで俺も村に自慢が出来る」と大声を出して芙美子を驚かす。

翌日は寺へ墓参りし、お経を読んでもらう。夜は親類二〇人ほどで送別会だ。大雨なので皆、そのまま泊めた。

芙美子は分家の方に寝て、翌朝早く行ってみると皆、朝ご飯を食べていて、夫はもう「出征軍人」と書いた白いたすきをかけている。「国防婦人」のたすきをかけた村の女たちも集まってきた。八幡様の前で挨拶し、楽隊とともに一里ばかり駅まで歩いていく。

駅でも演奏が続き、九時頃の汽車でたくさんの人たちに送られた。

東京の家へ帰ってみると、町内で門口に大きな旗を立てていた。

緑敏は「補助看護兵」だという。宇都宮の師団に入隊するが、文中では地名は伏せてある。芙美子は夫を兵営まで送り、体格検査が済むまで辺りをぶらぶらした。

夫は甲種合格だった。病気で即日帰郷の人も一人いて、その人は二時間も営門に立っていたという。帰るに帰れなかったのだろう。

それから何日何週間たったのか書いていないが、緑敏はいったん家に帰ってくる。カーキ色の雨外套姿だ。一泊して、また戻るという。

「いよいよお別れかもしれないよ。家へ帰って一応整理して来るようにとの外泊なのだ」

赤い肩章には黄色い星が一つ付いている。「僕の下は馬と軍用犬ですよ」と義母に言って笑っている。

明くる日、緑敏を送って上野へ行った。星一つの古兵の夫に、新兵が時々敬礼をしてくれる。文具店で万年筆を買い、「戦地へ持っていらっしゃい」と贈る。

上野駅では、腕章を付けたたくさんの在郷軍人が応召兵を見送りに来ていた。しばらくホームを歩いていたが、夫は腕時計を見て「もう帰んなさい」と言った。見送り人たちが寂しい軍歌を歌っていてやりきれないので、「じゃあ、帰る。品川を通るときは知らせてください。目印が決まったら手紙で知らせます」と芙美子は言った。

改札口を出た頃、ホームから「万歳、万歳」の声が聞こえてきた。

前年の北京での愛国心のほとばしり、夫緑敏の出征。この二つが翌一二月の南京戦従軍の動機になったのは想像に難くない。

第八章　虐殺はなかったから書かなかった

南京陥落直後、急遽、日本を発つ

東京朝日新聞の昭和一二年一二月二八日付一一面に、「お客満載の上海丸」というベタ記事が載っている。

「【長崎電話】神戸で入渠中であった日華連絡船上海丸は二十六日出渠し直に神戸を出帆二十七日未明煙突に新たに引かれた二本の白線も鮮かに長崎に入港。大谷光瑞師、特命全権公使谷正之氏、改造社長山本實彦氏、女流作家林芙美子さん、国際金融研究家として知られている土屋計左右氏、甘濃上海居留民団長夫人みち子さんなど多数多彩な船客を満載、同日正午長崎を出港上海に向った」

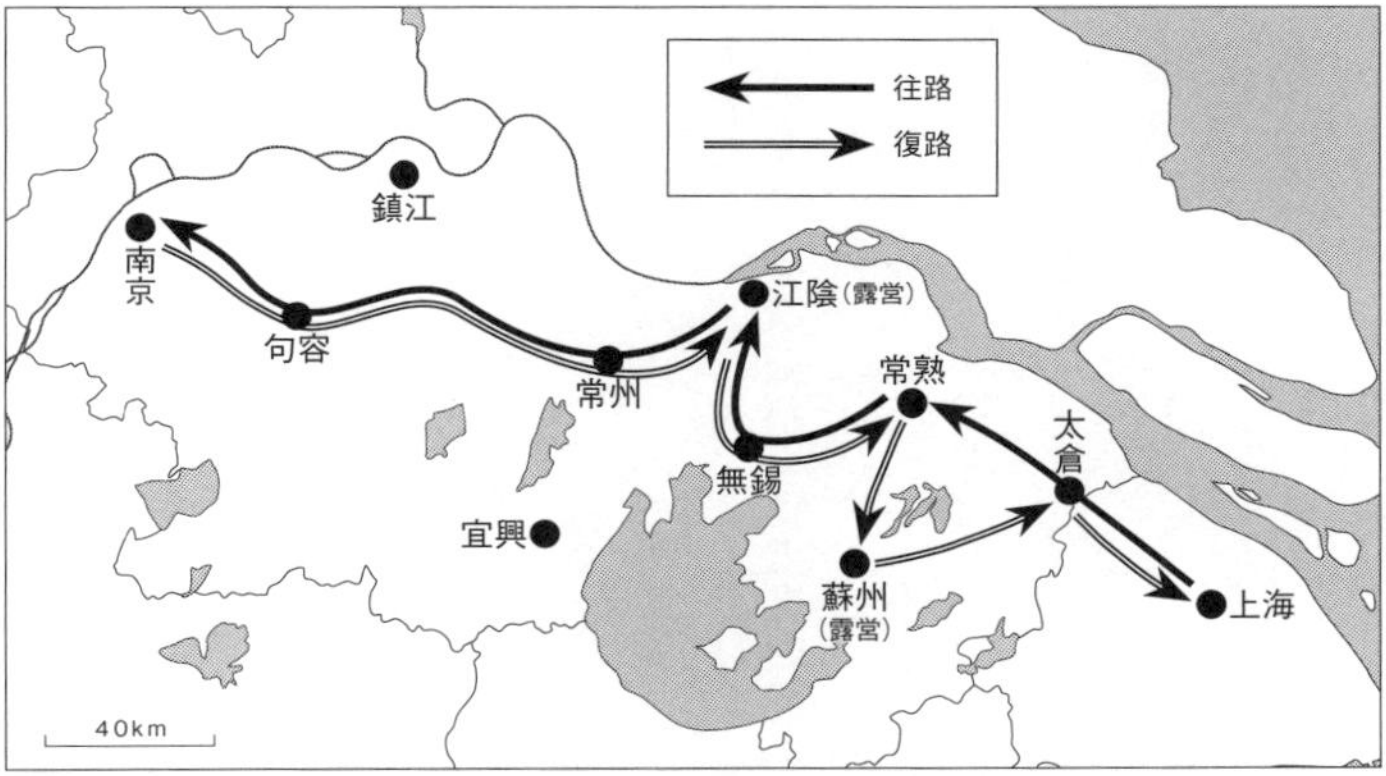

林芙美子の南京への往復路（帰りは蘇州へ立ち寄った）

中華民国の首都・南京が陥落したのは一二月一三日である。

当日、林芙美子は、「今日、南京陥落をきき、私は自分達の民族がここに流してくれた尊い血潮に合掌して感謝しなければならないと思います」（「会遊の南京」）と感激を記しているものの、南京に行きたい、とか、行くつもりだという様子はない。

芙美子が同月二六日に神戸で「上海丸」に乗るためには、当時、東京〜神戸間を九時間で結んでいた特急「燕」に乗ったとして、二五日朝には東京を出なければならない。東京日日・大阪毎日新聞が芙美子を南京に特派する話は急遽、決まったようだ。

昭和一三（一九三八）年一月六日付東京日日新聞【上海本社特電】の「林芙美子女史／南京一番乗り」の二段記事は、「支那の不思議の一つだ。女流作家林芙美子さんがやって来た。廿九日夜上陸第一歩を川向うのダンスホール、リットル・クラブに背の低い某君と現れ大いに踊ったものだ。女史は卅日にトラックで南京入りを企て廿四時間目に南京の土を踏んで三日トラックで上海に帰って来たが『日本の女では私が南京一番乗りよ』と大威張りであった」と少々ふざけ気味に報じている〔注1〕。

〔注1〕「東京朝日」の通り二七日正午に長崎出港ならば、当時のダイヤで二六時間後の、翌二八日午後二時頃には上海に到着するので、「東京日日」の二九日が「上陸第一歩」というのはおかしい。

埋もれた一次史料『私の昆虫記』

南京大虐殺とは当時、日本軍が四万人（市民一万人、捕虜三万人）を虐殺したとされる問題である（東京裁判では「二〇万以上」＝129―130ジペー参照）。

芙美子はまさに、その渦中にいた〝はず〟である。

南京から帰国後わずか半年で出した『私の昆虫記』（一三年七月、改造社。以下『昆虫記』）には、「南京行」「静安寺路追憶」「私の従軍日記」「露営の夜」といった一連の南京従軍記が収められ、かなり詳しく日本軍占領下の南京の様子を知ることができる。

阿羅健一『「南京事件」日本人48人の証言』（昭和六二年の図書出版社刊『聞き書 南京事件』を小学館が文庫化。以下『48人証言』）も、陥落当時の南京を実際に知る者たちによる第一級資料ではあるが、戦後四〇年余り経た時点での証言は、多かれ少なかれ東京裁判史観の影響を受けている。『昆虫記』は紛れもない一次史料だから、ずっと重要だ。そこには「証言」という意識さえない。

だが、これまでほとんど注目されてこなかった。

というのも事実上、読めなかったからだ。

戦後、復刊もされなかったし、全集にも収録されなかった。顧みられることなく、長く埋もれてきたと言っていい（現在は国立国会図書館デジタルコレクションに収められ、同館との資料送信サービスに参加している各地の図書館で閲覧・複写できる）。

この『昆虫記』の中で芙美子は、捕虜や市民の殺害をうかがわせるような記述をしていない。逆に、書いていれば、戦後の風潮からして、南京大虐殺の証拠だとして、むしろ有名になっていたかもしれない。

何かを目撃していれば書けたはずだ。

南京市内に三泊、前後に露営を一泊ずつ、計五泊六日の南京行である。城壁に囲まれ、

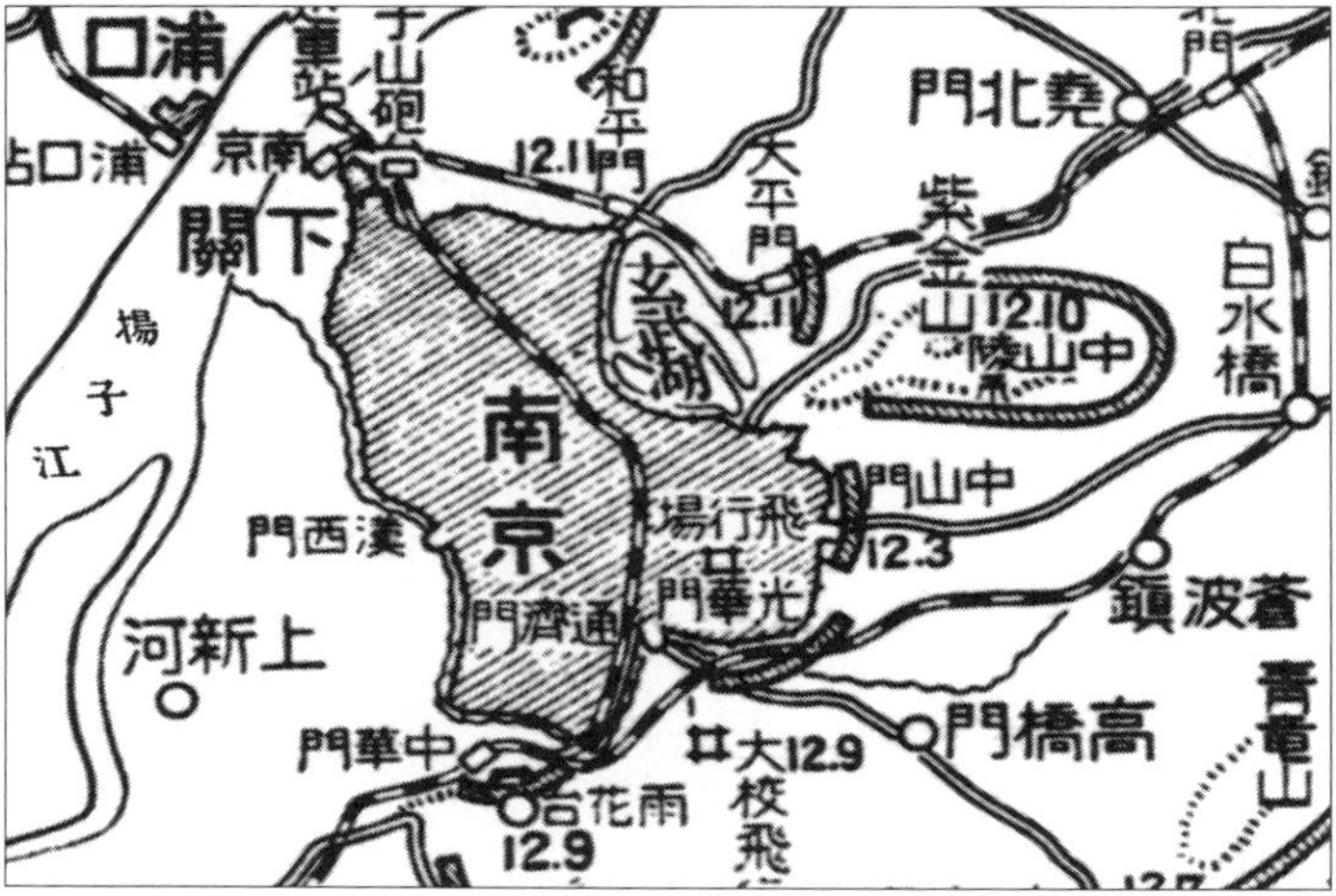

南京付近の地図（当時）
（『支那事変戦跡の栞』〔陸軍恤兵部・昭和13年〕より）

面積は現在の東京都江東区や沖縄県那覇市とほとんど同じくらいの広さだ。街の様子を知るには十分な時間があった。しかも新聞記者と行動し、情報はすぐに入ってきた。

なにしろ、派遣元である当の東京日日・大阪毎日新聞が〝武勇談〟百人斬り競争を大々的に報じていた頃である。ところが、それにすら関心を示さず、一言も触れていない。主役の一人、野田毅少尉（戦後、南京裁判で死刑）は〝同郷〟鹿児島であるにも関わらず。翌一三年の『北岸部隊』では、九州の部隊だから付いていきたいと書いているのに。

　私が『昆虫記』を知ったのは、川本三郎『林芙美子の昭和』（平成一五年、新書館）

のおかげだったと記憶する。川本の目配りはさすがだが、南京の〝異常〟を書かなかった芙美子について「軍部による規制があったのか、駆け足の取材だったから表面しか見ることが出来なかったのか。あるいは事実を避けて通ったのか」奇異に感じ、それ以上は突っ込んでいない。

太田治子も「（ひどい大虐殺の）噂は耳に入っていて当然だったと思うし、街にはまだ騒然とした険しい空気が漂っていた筈である。それに気付かない程に芙美子は、空《うつ》けてしまっていたのか。或いはわざととぼけてそのように書いたのかもしれない」（『石の花』筑摩書房）と失望している。

つまり、従来、林芙美子研究者は、芙美子は虐殺に気づかなかったか、あるいは知っていて書かなかったと解釈し、『昆虫記』を重要視してこなかった。つまり、南京大虐殺が「あった」という前提での解釈である。

しかし、南京大虐殺はなかったから書かなかった、ないものを書くはずがない、と考えることはできないのか。

芙美子はさらに一三年九月にも、漢口攻略戦に「陸軍ペン部隊」として従軍し、再び南京に立ち寄っている。しかも、体調不良でいったん引き返したこともあって、計一七日間も滞在している。このときは年内に『戦線』、翌年一月に『北岸部隊』と、従軍記の傑作を相次いで上梓しているが、やはり南京大虐殺については影も形もない。『昆虫記』の南京従軍記を基本に、小説ではあるが「黄鶴」(一三年三月、発表は『昆虫記』より早い)や『戦線』『北岸部隊』も参考にしながら、検証していきたい。

陥落後、南京は整然としていた

林芙美子にとって、実は南京は二度目。全く知らない土地ではない。

昭和五年、ベストセラーになった『放浪記』の印税で、満州や中国各地を回り、南京にも一日立ち寄った。「会遊の南京」という文章で、「どこの街角、どこの寺院にも、共産党散兵とか、共産党は民衆の敵といったビラが張りつけてあ」ったと振り返っている。それ以来、七年ぶりの南京になる。

「黄鶴」の主人公・重子は、上海到着の翌日は、虹口《こうこう》(日本租界。魯迅も住んでいた)を一人で歩いたり、新聞社の支局を訪ねたり、また、海軍武官室を訪ねて新聞班の大尉から海軍従軍記者の腕章をもらって閘北《こうほく》(上海市の北部。昭和七年と一二年に日中の戦闘があった=第一次・第二次上海事変)を案内されたりしているので、おそらく芙美子も同じように過ごしたのだろう。

芙美子は一二月三〇日朝、大阪毎日新聞の上海支局から社のトラックで、南京まで一二〇里（四七〇キロ余り）を揺られていく。

長い戦場の跡に、たくさんの支那兵の死骸を見る。しかし、芙美子の胸を衝くのは累々と馬の斃《たお》れている姿で、見るたびに泣けて仕方がない。

いくら馬好きでも、あちこちに馬のことばかり出てくるのは不可思議に思えるが、それには理由がある。

当時、輸送の主力は馬だった。

中国軍は、一線の部隊よりも後方の輸送部隊を襲撃するゲリラ戦法だった。東中野修道『再現南京戦』（二〇〇七年、草思社）には、愛馬を失って呆然とする兵士の姿が、当時の記録から引用されている。

芙美子らは「どの人も鉄砲一つ、ピストル一つ持ってはいない。荷物と云えばカメラと飯盒くらいで、敵の敗残兵でも来たら、いっぺんに殺されてしまう」ので、日本の兵隊らとともに露営する。翌朝、兵隊にいつごろ南京に着くんですかと尋ねると、「これから、まだ敗残兵をかたづけて、十日ばかりはかかりますでしょう」という（「露営の夜」）。

見渡すかぎり土ばかりの大地を永久のように感じながら、芙美子らは夕方、南京に到着する。

中山門の近くで、晩のおかずにするのか、鳥を撃っている兵隊がいる。

「四囲に誰もいないせいか、百二十里の道々眺めてきた戦争はどこへ行ってしまったのかとおもうほど静かな景色だった」(「南京行」)

街に入ると、日本の兵隊ばかりだ。南京の民衆は皆、避難民区域に固まっていて、街中は空き家ばかりだった。

「市街はかつての新生活をモットーにして整然としている」

これは、蒋介石が提唱した「新生活運動」のことだ。中国人の社会生活に欠けている礼義・廉恥を復興し、日常の生活規律の遵守、清潔の保持などを目指した(『世界大百科事典』)。しかし、芙美子には気に入らない。

「まるでポスターのような都である。あっちこっちに、ぽつんぽつんと大学や病院や博物館が建っている。建設途上だったから仕方がなかったのかも知れないけれど、何の味いもない西洋風な街である」(「露営の夜」)

「黄鶴」でも、主人公の重子(芙美子そのもの)は「南京は乾いたような退屈な街に思え」、

「新開地のような広い道路」に「がっかりした気持ち」になる。同行の新聞記者も「裏切られた」「全くくだらん街」と、こき下ろす。

確かに芙美子や記者の立場を考えれば分かる。彼らは従軍記者なのだ。戦場を書いて、本社に原稿を送らなければならない。命がけで戦場を求めて来たのに、そこに戦場はなかったのだ。

こうした様子は、前出の『48人証言』ともぴったり一致する。陥落当日でさえ、「城内はどの家も空家で、物音ひとつしない死の大市街だった」（新聞記者）、「さぞ荒廃しているだろうと思っていたが、あまり荒れていないので意外に思った」（別の記者）という。

現地では、国民政府財政部次長の徐堪が去った後の邸宅が大毎の支局になっていて、芙美子もそこに入った。

治安回復と食糧支援に全力

芙美子が到着したときの南京は、どういう状況にあったのか。

前出『再現南京戦』によると、一二月二四日～一月五日は「兵民分離」の時期に当たる。城内の中国人は、一〇歳以下の子供と老女を除いて、市民登録するよう義務付けられた。

出頭すれば、姓名・年齢・性別・体格を記した「安居ノ證」が渡され、安心して日常生活を送ることができた。これにより、潜伏している敗残兵約二千人を摘発し、収容した。

日本軍は元日、南京自治委員会〔注2〕を発足させた。

〔注2〕住民を苦しめたのは日本軍ではなく、国民党軍やその敗残兵だった。『中華民国維新政府概史』(同政府行政院宣伝局、一九四〇年)によると、「最も悲惨な事は、党軍(注:国民党軍)退却の際の常套手段である徴発、掠奪、放火等であり、まして雑軍、敗兵の暴挙は言語に絶するものがあり、各方面とも生産に必要な器材食糧等の物資一切をあげて喪失した」「災禍地区住民は、更に少数友邦軍隊(注:日本軍)の間隙を襲う敗残匪賊の出没に悩まされ、全く生命財産の保全も困難なる状態であった」。対応策として、各地方に日本軍の支援のもと、治安維持会ができた。華北では昭和一二年八月一日に天津、同二日には北京にでき、華中でも九月から続々と誕生した。治安維持会はさらに自治委員会に発展する。「国民党容共政権の打倒、絶対的親日政策の確立、一般民衆幸福冀願、亜細亜民族の発展団結」を掲げた。

市中心部の鼓楼で発会式があり、軍から一万円を贈った。祝宴もあった。民衆一千人が集まり、爆竹を盛んに鳴らしたという。

写真班の車に乗って街を回っていた芙美子も、爆竹の音を聞いている。

「来る道々、昨日まで馬や支那兵の死骸を見て来た眼には、全く幸福な景色である。立っている歩哨の兵隊さんも生き生きしているし、街には避難民たちがバクチクを鳴らしている」（「南京行」）

ただ、作家の目は避難民の表情に複雑な影を読み取ろうとする。

「避難民区域からあふれたように、沢山の子供達が中山路の大通りでバクチクを鳴らしている。どの支那人も腕に日の丸の腕章をつけている。子供達は日の丸の旗を持っている。そのくせ表情の中には何か根深いものがありそうである。この表情をなごやかなものたらしめるには、いろんな努力が必要だとおもった」（同）

治安回復とともに、難民の食糧問題が急がれた。

南京の北西、揚子江岸に下関《シャーカン》という場所がある。下関東の難民収容所では六、七千人が食糧不足に陥っていた。

砲艦「比良」の艦長は上海に急行し、巡洋艦「出雲」にいる長谷川清司令長官に難民の窮状を訴えた。長谷川は即座に救援を快諾し、比良は救恤品《きゅうじゅつ》を満載して戻り、元日の正午近くに埠頭に横付けして陸揚げ、難民に分配した。

翌二日に同艦長が訪ねてみると、もう大部分は我が家に戻って街はきれいになっていた。

爆竹が鳴らされ、代表者が正装して整列し、ひざまずいて三拝九拝したという。

芙美子も南京の帰りに上海で出雲を訪ね、長谷川司令長官に会っている。「あんまりざっくばらんなひとなので、かえって私の方が吃驚した」という。さらにオールドパーや恩賜の酒など、お土産までもらっている。人柄がしのばれる。

一方で、二日には敵機五機が城外の飛行場を空襲し、爆弾を投下したと、将校らの陣中日記にある。芙美子も書いている。

「正月二日の日も、南京上空には敵機の空爆があったそうだけれども、私は陽当りのいい徐堪の宿舎の二階で、故郷の友人達へ宛てて年始状を書いている長閑さであった」(「露営の夜」)

このように、芙美子の記録は実に正確であるということが分かる。しかし、日本兵の残虐行為などは書いていない。

つまり、芙美子がいた頃には大虐殺はすでに終わり、死体も片づけられていたということなのだろうか。

確かに、「戦線後方記録映画　南京」(東宝映画、昭和一三年二月二〇日公開、ユーチューブで視聴可能)では、陥落直後の南京城内は、戦闘を知らない現代人の目にはかなり荒廃しているように見える（砲撃すれば当たり前なのだろうが）。しかし、きれい好きの日本人らしく、兵隊たちがものすごい勢いで片づけや掃除をやり、そのあと、松飾りや餅つきといった正月準備に精を出す様子が映っている〔注3〕。

だが、東京裁判の判決文によれば、「大虐殺」は、そうした掃除や片づけで隠せるような規模ではない。

〔注3〕松井石根《いわね》大将の南京入城式が一二月一七日にあるため、兵士たちは前日までに城内の大掃除をやらなければならなかった。変な言い方だが、虐殺などしている暇はなかった。翌一八日には慰霊祭もあった。なお、『別冊正論26』（平成二八年）で、北村稔氏がこの映画を詳しく論じている。

東京裁判判決文との圧倒的な落差

東京裁判の判決文で「南京暴虐事件」の項を見てみよう。

それによると、日本兵は全市内を歩き回り、殺人、強姦、略奪、放火を行ったという。

以下に内容を列挙する。

最初の二、三日の間に、少なくとも一万二千人の非戦闘員が無差別に殺された。最初の一カ月の間に、約二万の強姦事件が発生した。放火は六週間続き、全市の約三分の一が破壊された。兵役年齢にあった中国人男子二万人は、城外へ行進させられ、機関銃と銃剣によって殺害された。中国兵の集団が武器を捨てて降伏したが、七二時間のうちに揚子江岸で機関銃掃射で射殺された。捕虜三万人以上が殺された。

こうして、「日本軍が占領してから最初の六週間に、南京とその周辺で殺害された一般人と捕虜の総数は二十万以上であった」としている。

となると、占領からわずか二〇日ばかりの芙美子の滞在時には、まだまだ虐殺が続いていなければならないことになる。

芙美子が描いた南京市内の平静さと、あまりに大きな落差がある。

芙美子は目をふさいで、筆を抑えたのだろうか。

ここで一つ、不可思議な話がある。

先述した「兵民分離」には大きな副産物があった。一六万人が登録され、除外した子供と老女を加え、南京安全地帯国際委員会は、南京の人口を二五万〜三〇万人としたのである（のちに二五万人と訂正）。一方、南京陥落の二週間前、南京の警察当局は人口を二〇万人と発表しており、陥落後も人は減っていない（むしろ五万人増えている）ことが分かる。

ともあれ、芙美子なら、捕虜や市民の〝処刑〟を目撃したら、迷わずそれを書いただろう。彼女には、なるべく衝撃的な作品を書かねばならない理由があったからだ。

それは、川本三郎が指摘しているように、吉屋信子というライバルの存在だ。

昭和一二年七月二九日、北京近くの通州で、地元保安隊が在留邦人百数十人を虐殺した（通州事件）。吉屋は一カ月後に現場を訪ね、一一月には『戦禍の北支　上海を行く』を刊行していた。このため「従軍女流作家第一号」の座を、吉屋に許していたのだ。

ライバルだった吉屋信子（右）と林芙美子（昭和 10 年 11 月）

吉屋信子に負けたくない――。

芙美子の没後、吉屋はその猛烈な仕事ぶりについて「ジャーナリズムの寵児の位置をいのちを懸けて死守した」と述べている。

芙美子は悔しかったに違いない。

しかし、南京において不穏な描写はわずかだ。

「夜更けて耳にする銃声は、何だか、自分だけが臨終を待っているようなそんな味気ない気持でした」（「静安寺路追憶」）

「南京の街は空家へ行ったようにがらんとしていて、人の見ていない、淋しい火事があっちにもこっちにもあったものです」(「五月の手紙」)

だが、前出の東京裁判判決文によれば、そんなものではすまないはずだ。

さらに、芙美子には十分、敵愾《がい》心があった。

広い大地に何となく反感を覚え、切れた電線や、戦車の残骸、日に光る空き缶、馬や人間の死骸に、自分でも分からないくらい冷酷な気持ちになった。纏足《てんそく》のお婆さんや、敬礼する子供を見ても、いい気味だと思う。「小児病的な浅ましいことかも知れないけれども、不思議に惨酷な激しいぴしぴしした気持になってくる」と書いている。

そんな芙美子も、穏やかな南京に気が緩んだのか余裕なのか、中国人を称えてもいる。

彼女が光華門に立った写真が残っていて、城壁や地面には大きな穴が開いている。土嚢をぎっしり詰め込んだ門に「よくもここを打ち抜いたもの」と一番乗りした日本の部隊に感嘆しつつ、「支那人くらい生れながらに土木工事のうまいものは他にないだろう」と褒めている(「南京行」)。

また、往来で紙を拾うと詩が書いてあり、「支那人と云う人種は、どうしてこんな美しく大きい文字を自由に使うのでしょう」と感心する(「静安寺路追憶」)。

南京の光華門に立つ林芙美子
（「南京行」の記述によると昭和 13 年 1 月 2 日）

繰り返すが、南京は本当に平穏だったのではないか。

後述するが、一年後の漢口攻略戦に従軍し、帰国直後の一二月に刊行した『戦線』では、捕まえた中国兵を処刑するシーンがある。城内に死体が散乱する描写もある。

しかも陸軍派遣という制約の中で、現代の目からはこれだけ日本軍に〝不利〟なことまで書いた。日本の兵隊を尊敬しているからこそ、書いたのだ。

それに対して、南京戦は民間の新聞社派遣。より自由だったはず。しかも、当時の新聞の中で最も戦意を煽っていた、東京日日・大阪毎日新聞の派遣だったのに。

芙美子は虐殺があったのに書かなかったのではない。

気づかないふりをしたのでもない。

なかったのだ！

百人斬りを黙殺

林芙美子が南京に発つ前に、東京日日新聞は四度も「百人斬り」競争について報じている。第一報は一一月三〇日付。野田毅、向井敏明両少尉が、南京入りまでにどちらが早く中国兵を百人斬るか、競争しているという内容だ。一二月一三日付には、両少尉とも百人を超え、「さらに延長戦」をやるという記事が出たばかりだ。

これを芙美子が知らなかったはずはない。

両少尉が常州で軍刀を杖に突いている有名な写真を撮った、当時の同紙カメラマンだった佐藤振寿は二〇〇五年、九二歳で、雑誌『諸君!』に「事変下の大陸　従軍カメラマンがみた中国」を五回連載している。

芙美子は、この佐藤カメラマンに会っている。

連載によると、佐藤は陥落当日から南京にいて、その後、林芙美子が同じ宿舎に入ってきた。「すでに多くの記者は上海や内地に帰ってしまっていて、社でも数人が残っているだけ」だったという。「久々にあった日本女性ですから眩しかった」「気さくな人でした」と回顧する。

二人は同じトラックで上海に帰った。さらに上海では「フランス租界に行きたい」と頼まれて、同行したという。

それだけ長く一緒にいて、「百人斬り」の話題ひとつ出ないわけがない。

しかし、他紙ならともかく、お世話になっている東京日日・大阪毎日新聞が直近で報じ、反響を呼んだネタを、芙美子は完全に黙殺した。

きっと、文章のプロとして、創作だと見抜いていたに違いない。

前出『48人証言』で当時の記者仲間は「毎日新聞は戦争を煽るような気風が特に強かった」として、「百人斬りの記事は創作かもしれん」と語っている。

「気さくな」芙美子だから、「あれ、本当なの?」くらいは佐藤に尋ねたかもしれない。聞かれれば佐藤は、作り話だと打ち明けただろう。

この「百人斬り」記事は、浅海一男記者が書いた。同記者の依頼で両少尉を撮った佐藤カメラマンは、当時からうさん臭く思ったという。

すでに二カ月余り戦線を歩いていて、「刀を振り回して敵を斬る〝チャンバラ〟のような接戦などないとわかってい」たし、「二人は大隊副官と歩兵砲小隊長で、それぞれ本来の重要な任務がある」。「百人斬りなんてできないのは明らか」だという。

しかし戦後、少佐として復員除隊していた野田と向井はGHQに逮捕され、南京に移送された。そして、東京日日新聞の記事を基に、南京軍事法廷で起訴された。最初の公判で即日死刑判決を受け、その後、南京郊外で処刑された〔注4〕。

〔注4〕『別冊正論26「南京」斬り』に収められた二人の遺書「百人斬りは断じてない」には涙を禁じ得ない。向井少佐はなんと「浅海さんも悪いのでは決してありません。我々の為に賞揚してくれた人です。日本人に悪い人はありません」と記している。

浅海記者が「あれは法螺《ほら》話だった」と打ち明ければよかったが、書いた以上、言い出せなかったのだろう、と佐藤は推測する。それどころか、毎日新聞退職後は中国に住んで、破格の待遇で現地放送局の仕事をしていた、と驚愕の事実を証言している。

また、佐藤は、百人斬り競争を広めた朝日新聞の本多勝一記者に対し、「当事者二人に直接会った私に取材もしない本多記者はジャーナリスト失格」と厳しく批判している。

もっとも、ウィキペディアによると、佐藤振寿は「昭和25年9月、民間情報教育局による民主化教育用視聴覚教材制作の研修のためガリオア資金でアメリカに渡り」とある。

この民間情報教育局（Civil Information and Education Section：ＣＩＥ）はＧＨＱ（連合国軍総司令部）の中にあり、「日本人に戦争犯罪者意識を刷り込む計画」（War Guilt Information Program：ＷＧＩＰ）を実施した悪名高い組織である。

ＷＧＩＰについては、前出の関野通夫『日本人を狂わせた洗脳工作《WGIP》　いまなお続く占領軍の心理作戦』が詳しい。

同書には、ＧＨＱが最も警戒し言論統制したのは、東條英機の「東京裁判は復讐劇だ」という反論と、原爆投下が残虐行為として非難されることの二点だった、と繰り返し出てくる。

ＧＨＱは、昭和二〇（一九四五）年九月一〇日にはもう、新聞報道を取り締まると発表し、同一九日にはプレスコード（報道規制）三〇項目を定め、新聞・出版物の事前検閲に乗り出した。

削除および発行禁止対象三〇項目のうちには、極東国際軍事裁判への批判、連合国への批判、連合国の戦前の政策に対する批判、大東亜共栄圏の宣伝などが含まれる。こうして東條英機の主張は封じられ、今でも大部分の日本人は、日本は侵略戦争をやったと信じているのである。

一犬虚に吠ゆれば万犬実を伝う

では、南京大虐殺はでっち上げなのか。

まずは当時の状況を頭に入れなければ、犠牲者の数だけを取り上げて論じてもナンセンスである。

一九一二年に清が滅びて中華民国が成立するが、軍閥が割拠して国内は不安定だった。一七年ロシア革命、翌年に世界初の共産主義国家ソ連が誕生すると、中国にも共産主義思想が流入する。

孫文は国共合作を進めたが、二五年に孫文が没すると、国民党内は左右両派が対立する。同年国民政府主席となった汪精衛（兆銘）はソ連から派遣されていた政治顧問がコミンテルンから秘密指令を受けていたと知り、共産党との決別を決意する。レーニンが一九一九年モスクワで結成した「第三インターナショナル（コミンテルン）」は、世界に共産主義運動を拡大する組織である。

国民政府のもう一人の実力者、蒋介石も反共で一致するが、一九三六年一二月一二日（南京陥落の一年前）、西安事件が起こる。

剿匪《そうひ》（共産党の掃討）副司令の張学良が、作戦督促にやって来た蒋介石を監禁したのだ。結果、蒋介石は妥協し、共産党討伐をやめて共に抗日にあたることに大転換する。汪精衛は「自ら共匪と合同し容共討日、失地回復の芝居を打った張学良こそ、今次事変〔注：日中戦争〕の最大責任者である」と憤る。

汪は自叙伝（昭和一六年、大日本雄弁会講談社）の中で再三、第三インターに言及している。

「共産党はただ第三インターあるを知って中国あるを知らず、第三インターの秘密指令を受けて、階級闘争のスローガンを抗日というスローガンに取り替え、而して中国数年来の民族意識を利用し、遂に中日戦争を挑発した」

林芙美子は「支那はどうしてこんなに声高く『抗日』をしなければならないのか不思議です。支那婦人が必死になって、抗日大会なんかしている写真なんかみますと全く一犬虚を吠ゆれば《ママ》の言葉をおもい出します」（「会遊の南京」）と首を傾げているが、「抗日」は共産党＝コミンテルンの方便だったわけだ。

当時の常識を図るに適当な概説書にも出ている。

大阪毎日・東京日日新聞社共編『毎日年鑑』一四年版（昭和一三年一〇月発行）には、

「支那事変　事変と列国」のソ連の項に、「蒋介石が共産党、ソ連の術中にまんまと陥った」「日本の国力減殺と蒋政権の衰退とを同時に企図し、その間隙に乗じて共産党の勢力を拡大し徐ろに赤化の本心を現わさんとしている」とある。歴史はその後、この通りに進んだ。

一犬虚に吠ゆれば万犬実を伝う——一人が虚言を言うと、多くの人々がそれを真実として伝える（『広辞苑』）。現代の「反日」にも通じる言葉だ。

林芙美子は「宣伝省」と題して、「近衛秀麿氏〔注5〕の帰朝談に、日本は外国にむかっては非常に宣伝下手だと云っておられたが、これは私も大変同感である。官吏のひとたちの消極的な宣伝方法にまっていては、日本は益々歪められてしまう感じだ。このさい、民間から偉いジャアナリストを選んで宣伝省と云うのでも造ったらどんなものだろう。／満州事変の時、私は丁度倫敦にいたけれど、情ないほど日本の人気はよくなかった」と書いている。これも全く現在と同じ課題だ。

〔注5〕戦前の日本を代表する指揮者。昭和一一年以降、ほとんどドイツなど欧州に滞在し、ベルリンフィルを振った。

再びの南京は親日政権になっていた

抗日蒋政権の敗退後、「防共親日」を旗印にする新政権が南北に誕生した。南京陥落の翌日、北京に中華民国臨時政府が成立し、一三年三月二八日には南京に中華民国維新政府ができた。両政権は将来の合流を約束して四月に協議し、東京に合同で駐日弁事處を置いた。また、代表が来日した。

大虐殺などあれば、数カ月で親日政権など南京にできるだろうか。

六月、御前会議で漢口攻略作戦実施が決定される。八月、内閣情報部は文壇から二〇人のペンの戦士を選んで陥落間近な漢口の最前線へ送るという文壇動員計画を発表した。一月に南京から戻ったばかりの林芙美子は参加を熱烈に希望し、二二人の従軍作家に決定した。女性は芙美子（陸軍班一四人）と吉屋信子（海軍班八人）の二人である。

芙美子は九月一一日に東京を出発し、一三日、福岡・雁ノ巣飛行場を飛び立って上海に到着した。一七日朝に、上海から海軍機で一人南京に飛んだ。朝日新聞の南京支局長宅に泊まる。

空虚だった南京は活気を取り戻している。野菜市場へ買い物に行く。

「この街裏はあまり兵隊が通らない。ぐちゃぐちゃと狭い崩れた四辻の路地の中は、あっ

九江に向かう輸送船にて

ちもこっちも支那人ばかりだ。子供達が野鴨を買っている私を珍しそうに眺めている。なかには小さい声で日本人《リーベン》日本人《リーベン》と云う子供もいた」（『北岸部隊』）

「去年の暮から避難していた難民もぼつぼつ田舎から戻って来て、商売を始め出しているのだろう。狭い割栗石の往来を、荷物をいっぱい載せた荷物自動車が、一軒一軒声高く名前を呼びながら、家財道具らしいものを配達している。運転手も配達人も支那人だ」

俘虜収容所を訪ねる。

「俘虜は私達を見ると、日本語で『気をつけツ』と云って、その場所へ直立不動の姿勢を取っている。丁度夕飯時で、桶の中に炊きたての飯がふくふくしていた。私達が過ぎると、俘虜たちはすぐがやがやと騒いでいる」

独房にも行く。

「若い男で、飛行将校だそうだ。左脚に棒を添えて繃帯がしてあった。（略）床屋のにいさんと云った感じで、此男が大尉とすれば、支那兵も大したことはない。不図そんなあなどりが私の頭をかすめた。若い飛行将校は寝ながら本を読んでいた」

日本兵の中国兵捕虜に対する扱いは「炊きたての飯」「寝ながら本」と、ずいぶん寛大だ。

一九日夜、南京から揚子江を遡る船に乗る。二三日に九江着。二六日、海軍班の作家たちと遭遇する。「食堂では吉屋信子さんにも逢った。別に大した話もしない」とそっけないが、菊池寛らには「みんな元気そうだった」と温かい。芙美子は早く前線に行きたいと気持ちを高ぶらせるが、ひどい腹痛を起こし、二九日に引き返す。

船は傷病兵をぎっしりと積んでいた。芙美子は、軍医や衛生兵と一緒に奮闘する。何しろ若い軍医と七人の衛生兵で、三百人の傷病兵を看護しなければならない。衛生兵は全く休む暇もない。芙美子は病人ごとに粥や重湯、普通のご飯と、異なる食事や茶を給仕して回り、やがては尿瓶《しびん》の世話までする。死人も出る。

一〇月一日朝、南京に戻る。朝日の支局長宅のアマ（中国人の女中）の元には、男児が田舎から来ていた。芙美子はこの母子と急速に親しくなり、

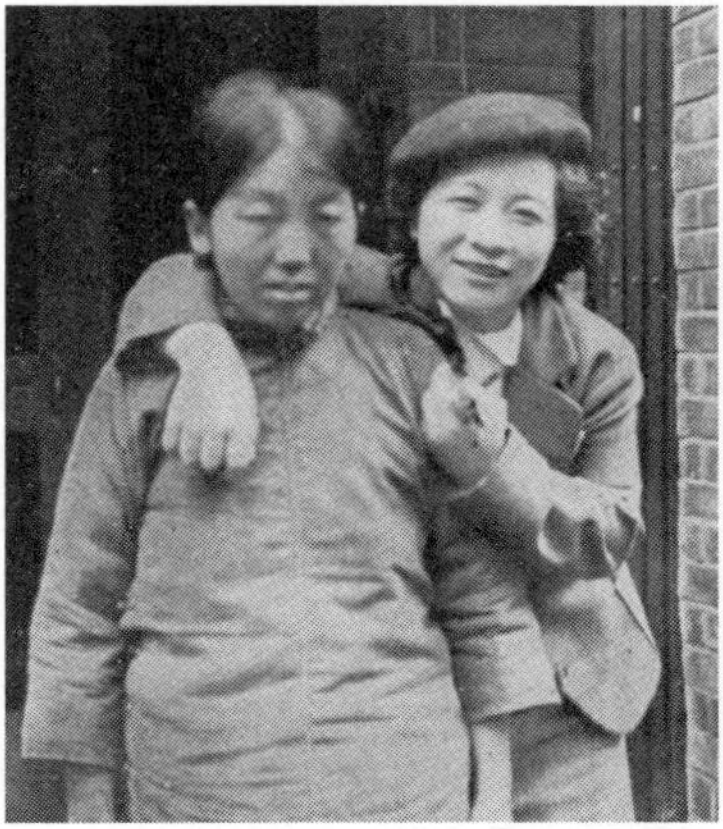

アマ（中国人の女中）と芙美子

身の上話を聞き出したようだ。「河は静かに流れゆく」（『悪闘』昭15・4）で、なんと南京で暮らす中国人視点という挑戦をしているが、見事な小品に仕上げている。南京陥落前、四川から来た中国兵複数に主人公が犯される事件と対比して、南京に来た日本兵たちの立派さが印象に残る〔注6〕。

〔注6〕『48人証言』でも、福岡日日新聞記者が昭和一四年、南京支局で雇っていた中国人夫妻に日本軍が来た頃についてインタビューしたところ、難民区では中央軍（中国軍）の兵士が難民から食糧や物・金を強奪し、使役に男を拉致し、夜は娘を拉致していった、土匪と同じだと非難している。

一〇日には維新政府（141ジペー参照）の双十節（十が二つ重なることから。中華民国の建国記念日）の式典に出席している。

「入口には沢山の自動車や、支那人の軍楽隊が並んでいた。式場には私がたった一人の女性であった。起立のまま式が進んでゆく。（略）式は十五分位で終り、すぐ記念撮影にうつり、それより別室で立食の宴会があった。陸海軍の将校の方々が沢山みえていた」（同）

このころ他の作家たちは続々と日本に帰り始める。吉屋信子も帰った。しかし、体調を整えた芙美子は、再び九江に戻って「北岸部隊」と行動をともにしようと決意する。吉屋を出し抜こうという気持ちは十分あっただろう。

北岸部隊は揚子江北岸を西進するため通称そう呼ばれた第六師団（師団長・稲葉四郎中将）である。第六師団の編成地は熊本で、指揮下の歩兵連隊の兵営は鹿児島、都城、熊本、大分にあった。「自分の故郷の兵隊につきたいと思った」と芙美子は書いている〔注7〕。

〔注7〕芙美子は山口県下関市生まれだが、本籍地は鹿児島県鹿児島郡東桜島村古里三五六番地。芙美子の祖父新左衛門は鹿児島市中町で「紅屋《べにや》」（化粧品や薬の紅を商う）をやっていたが、明治一〇（一八七七）年の西南戦争の戦火で焼け出され、桜島の古里温泉で貸間業を始めた。同三二（一八九九）年、新左衛門が死亡。長男の久吉（芙美子の叔父）は旅館業を始め、本籍地を鹿児島市中町から古里に移した。久吉の姉キクは、四国の行商人と知り合って古里を出て、同三六（一九〇三）年、下関で芙美子を生む。しかし、芙美子は認知されなかったため、叔父久吉の戸籍に入ったのである。

しかし芙美子はなかなか交通手段を得られず、一〇月一五日にようやく海軍の輸送機に乗って九江に戻った。武穴、広済と移動し、作戦出発前日の一八日、稲葉師団長に挨拶に行く。師団長は「黄梅から広済の戦いは全く大激戦でねえ、もう、その塀や、屋根をばりばり撃って来るので、肚をきめて、こっちも腰をすえてしまったが、一時は全く苦戦におちいり、方法がつかなかったですからね。兵隊は実によくやりましたよ。——明日はいよいよ前進して行くのだが、一兵も殺したくないと思っています……」と語り、芙美子は感激する。「日本軍の人命軽視」をさんざん聞かされてきた戦後の人間には、瞠目する言葉である。

『戦線』（朝日新聞社）と『北岸部隊』（中央公論社）

戦争の崇高な美しさ

『北岸部隊』と『戦線』は双子のような戦記で、前者は日記形式、後者は書簡形式で、同じ漢口攻略戦を描いている。

芙美子は、朝日新聞社のトラック「アジア号」に乗って兵隊たちを追いかけ、時には追い越して最前線を突っ走っていく。「もしものことがあったら自殺してしまおう」という決死の覚悟である。

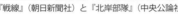

朝日新聞のトラック「アジア号」（本人撮影）

トラックが遅れると、歩いて行軍する。銃弾も飛んでくる。脚の丈夫な芙美子でも、足の裏が燃えるようにずきずき痛む。「兵隊の一人一人の顔は困苦欠乏によく耐えて、私のように考えごとをしている兵隊は一人もいない。前線へ出てみて、私は戦争の崇高な美しさにうたれた」「どの兵隊の顔も光輝ある故郷を持つ落ちつきが、若い眉宇にただようている」。一方で、疲労と不安で後方へ戻ろうかとも考える。

驚くべきことに、日本軍は「沢山の土民や捕虜を雑役に使って」いたが、ちゃんと彼らに日給を払っていて、「この雑役はどうかすると、僕達より、給料がいいかも知れんと兵隊は笑っていました」（『戦線』一〇信）という。朝日新聞一行も二人使っていて、「南京からずーッと記者諸君と苦労を共にして来ている支那人だとかで実によく働き、兵隊達に、のっぽ、ちびと呼ばれて愛されていた」（『北岸部隊』一〇月一七日）。この二人は「金を貯めて漢口が陥ちたら田舎へ帰るのだ」という。

一〇月二〇日に紅馬湖《こうばこ》付近にいた芙美子が撮った輜重隊《しちょうたい》（食糧・衣服・武器弾薬などを運ぶ隊）の写真がある（『戦線』の表紙）。「前線へ食料や弾薬を運ぶのに、五日間も梅干しの種をしゃぶって、それをおかずにして進んで行ったこともあると云う話を聞いた。どんなに辛くても、前線へ運ぶ食料に手をつけてはいけないのだそうだ」と「並々ならぬ働き」を特筆している。

敵兵との遭遇場面も、何度も出てくる。

晴れた空に、はかない小鳥のような裂音をたてて、敵の散弾が流れて来る。私は御不浄へ行きたくなったので、若い橋本君と云う連絡員に小舎の外に立っていて貰って、壊れた農家へ這入って行った。どの部屋の土間にも、兵隊が休んでいる。庭をへだてて遠い灌木《かんぼく》の中の納屋へ行って用を足す。その納屋は農具や、馬を入れておくところででもあったのか、奥の方にも暗い広い土間があった。何気なく覗いてみると、胸をぐちゃぐちゃにやられた支那兵が一人、呆んやり私の方を見ている。もう何の気力もなさそうだった。何と云うこともなく寒く身震いがして来る。誰かに似ている顔だった。おもいだせない。（『北岸部隊』一〇月一九日）

私は土間の涼しそうな農家へ這入って行ったが、白木綿の米袋が山と積まれた蔭から十三四の病みつかれた支那の少年兵が出て来たのには吃驚した。蒼い顔をして泣きそうな声で何か云っているけれど、私にはさっぱりわからない。連絡員達が、コレラ患者かも知れないから寄りつかぬように、と云ってくれる。私は奥の方へ御不浄をみつけに這入って行ったが、棉の篭の積んである暗い部屋から、銃を持った支那兵が五人ばかりぞろぞろと私の前へ出て来た。すぐ後から、薪探しに来た連絡員も一寸吃驚している。支那兵の顔や手足は崩れたように黒い血だらけになり、私達にぺこぺこ頭をさげて来た。半洋袴《ズボン》の軍服も破れてぼろぼろになっていた。銃には一発も弾がなく、どれも壊れたのを持っている。（同一〇月二一日）

仲野さんと走って行って歩兵の敵前渡河を見る。ひゅうひゅうと流弾が飛んで来る。空気を裂いて友軍の砲弾が飛ぶ。ひらがなの記号をつけた戦車が、笹の枝をいっぱいカムフラージュにつけて河岸をぐうぐうぐと進んでいる。ばらばらと散兵線を敷いて、青い水の中を歩兵が進んでいる。砂床で兵隊が流弾にあたって一人殪れた。私はしゃがんだまま雑草の根を一つかみぐさっと握りしめた。一瞬一つの感傷が頭を走り去るが、その感傷は雲よりはかなく、すぐさんらんとした兵士の死の純粋さが、私の

上巴河から新州へ進撃する日本軍戦車（本人撮影）

瞼に涙となってつきあげてくる。その兵隊は担架にうつされ、四人の兵隊の肩に担がれて後方に運ばれて行った。担架の上の兵隊は生きていた。軍服の上から広い白布でしっかり腹がしばってあった。黒い血が胴ににじんでいた。進んで来ている兵隊は一応感傷の眼で、後方へ送られてゆく担架の兵隊を見送ったが、もうすぐ、営々と前方へ歩みを進めているのだ。丘の上や畑の中には算を乱して正規兵の死体が点々と転がっていた。その支那兵の死体は一つの物体にしか見えず、さっき、担架の上にのせられて行った我が兵隊に対しては、沁み入るような感傷や崇敬の念を持ちながら、この、支那兵の死体に、私は冷酷なよそよそしさを感じる。その支那兵の死体に対する気持は全く空漠たるものなのだ。私は、本当の支那人の生活を知らない冷酷さが、こんなに、一人間の死体を「物体」にまで引きさげ得ているのではないかとも考えてみた。（同一〇月二二日）

敗走して行く味方の軍勢に取り残されてしまったのか、三人、四人、五人と、隠れている中国兵《ツンコピン》を兵隊が、方々の小舎や藪蔭から狩り出して来ている。六尺近い大きな中国兵もいた。ハイキングの時のような半洋袴《ズボン》に、綿の襯衣《しゃつ》を着込んでいた。肩に弾があたったのか背中から尻の方へ、血がリボンをさげたようにしたたっていた。妙に、悠々としている。泥に汚れ、泥にこねくりまわされた姿なり。私は今日まで飽き飽きするほど中国兵の死体をみて来たけれど、生きている中国兵は、何時見ても何となく気持が悪い。彼達はわからない言葉で何か哀訴している。何を云っているのか勿論兵隊にもよくは解らないに違いない。岸近くの池のほとりの窪地に、これらの生きている中国兵は捕虜としてどんどんかきあつめられていた。私が見に行った時は千名近い捕虜が、二人の看視兵に警備されて、雑草の上に足座《あぐら》をくんでいた。みんな一抹の不安な表情を持っていたが、私がそこへ行くと捕虜達は、吃驚したと云った表情でさっと私の方を見た。一瞬笑った表情もあった。哀訴する表情、泣き顔をみせている表情、呆んやりしている表情、傷をしてものを云うことも出来ない表情、汚れた中国兵の大群が、各々様々なことを考えて、私の方をじっと見ている。大半は少年兵で、十七八歳の若い将校もいた。まだ新しい服で眼は女のように柔和だった。（同一〇月二五日）

中国兵の処刑まで見たまま書く

『戦線』でも、生々しい描写は続く。

例えば、新洲の城内に入ったとき。比較として、南京城内が平穏だったときの描写を思い起こしてほしい。


「小さい城門を這入って行くと、汚い廃墟の並んだ狭い往来に、るいるいたる中国兵の死体が横たわっていました。或る一軒の家では、壁に凭れたまま棒のようなものを握って息の絶えている支那兵もいました。半洋袴《ズボン》にだぶだぶの上着を着た、まだ十七八の少年兵で、肩や背に黒い血が乾いています。私の神経は実に白々とこれらの死体をみまもっていられます。上巴河《じょうはか》の敵前渡河〔注：『北岸部隊』一〇月二二日参照〕の時に見た、担架に揺られて後方へ運ばれて行く、日本の負傷兵へのあの感傷は、生涯私は忘れることは出来ませんのに、この中国兵の死体は、私に何の感傷もさそいません」(同一〇信)

ついには、林芙美子は中国兵の処刑まで隠すことなく書く。

「戦線は苦しく残酷な場面もありますが、また実に堂々とした、切ないほど美しい場面も豊富にあるのです。私は、或る部落を通る時に、抗戦してくる支那兵を捕えた兵隊のこんな対話をきいたことがあります。『いっそ火焙りにしてやりたいくらいだ』『馬鹿、日本男子らしく一刀のもとに斬り捨てろ、それでなかったら銃殺だ』『いや、俺は田家鎮《でんかちん》であいつの死んでいった姿を考えると、胸くそが悪くて、癪にさわるんだ……』『まァいい一刀のもとに男らしくやれッ』捕えられた中国兵は実に堂々たる一刀のもとに、何の苦悶もなくさっと逝ってしまいました。私は、この兵隊の対話を、どっちもうなずける気持できいたのです。こんなことは少しも残酷なことだとは思いません。あなたはどんなにお考えになりますか。こう言う純粋な兵隊の心理も解って戴きたくおもいます。戦死して行った戦友への激しい思いは、こうした場合の兵隊の心を、しばしば感傷に誘い、痛憤をよび覚すものとみえます」(『戦線』一一信)

芙美子はなぜ南京でこうした場面を書かなかったのか。悲惨な現場そのものがなく、本当に平穏だったからだ。南京で大虐殺などなかった。

再び女性一番乗りを果たす

昭和一三年一〇月二六日、日本軍は漢口を占領した。翌日、芙美子も市街に入り、再び女性一番乗りを果たした。

同日（二六日）の武昌と二七日の漢陽を合わせ、武漢三鎮を完全占領した。これに先立つ二一日には、武器弾薬ルートの広東を陥落させていた。

広東、武漢三鎮攻略を受け、近衛文麿首相は一一月三日、国民政府に対して「東亜安定の新秩序のために日満支三国が協力し、国際正義、共同防共、新文化の創造、経済結合の実現を目指そう」と声明した。「東亜新秩序」の表明である。さらに一二月二二日、「善隣友好、共同防共、経済提携」を重ねて声明した。

これに対し汪精衛は、「古来幾多の戦勝国にして無償不割譲を以て講和条件としたものがあろうか」と感激し、同月三〇日、「和平反共救国」で応じる声明を出した。

汪はその後、共産党と結びついた蒋介石重慶政府に命を狙われながら、極秘裏に来日するなどし、昭和一五年一月、青島会議で、重慶政府と絶縁して新政権樹立の本格活動に入る。そして三月一七日、南京に戻り、新しい国民政府を樹立して主席代理となる。

七月から日中の国交調整会議が開かれ、一一月三〇日、日華基本条約で日本は南京国民政府を正式承認した。さらに満州国も加わり、日華満三国共同宣言も調印された。汪はその日の喜びをこう表している。

「首都南京の秋空は紺碧に晴れ、澄んだ江南の微風そよぐ紫金山下、式場たる国府行政院は爽やかな秋気の中に柔かい銀陽を受けて、バックの紫金山から浮彫されたように眼にしみる程美しい」（『汪精衛自叙伝』）

果たして「南京大虐殺」のような許しがたい行為があれば、わずか三年後、このような浮き立つ気持ちで日本と友好関係が結べるだろうか。しかも南京で！

こうしてきちんと時代の流れを追えば、南京大虐殺などなかったのだと、すんなり理解できる。日本の敗戦で、大陸の親日政府も消滅してしまったのは、誠に残念、無念である。

こんな犠牲を払っても外国に遠慮

『北岸部隊』で再び、漢口に着いた林芙美子に戻ってみよう。

家の軒に朝日新聞の赤いマークの旗を見つけ、走って行って皆と合流した。

リュックから日の丸を出して、二階のバルコニーから垂らした。陽に映えて、とても透明できれいだ。後続隊がどんどんやってくる。見上げて「林さん」と呼んでくれる兵隊がいる。手を振って、涙があふれる。

「長い行軍の途中、私は何度か死を考えていた。激しい砲声を夜っぴてききながら、胸へつきあげるような恐怖と絶望に苦しめられた時もあった。自分の生涯のことを、一日一度

綿畑を行軍する日本軍（本人撮影）

はかならず、あわただしく頁をめくるのだ。敵にあえば尚更、もう今日が終りかも知れない、そんなこともよく考えて歩いた。不滅なものはどんなものか信じられないけれど、私は一抹の『不滅感』にも信頼を持つ気持だった。何故、あの広い戦場で自分は死ななかったのだろう……ここまで来てしまうと、ほんのわずかだけれど、死んでいても悔いはなかったと云う、そんな甘さにも溺れられるのだ。ここまで来てみれば、私は段々内地の現実が近くなったような気持になり、再び苦しい生活と、苦しい世間のつきあいが、私を妙な不安におとして来る。戦場を歩いている時は、そんな不安なんか微塵もなかった」

漢口の市内見物に行く。

芙美子は、北京に次ぐ美しい街だと思う。三百万人の大都会だ。

揚子江に面した日本領事館は爆破されていた。日本租界は廃墟になっていて、それ以外が堂々と建っているだけに「名状しがたいおかしな気持」になる。

大きな建物には急いでアメリカやフランス、ドイツの旗が張られて差し押さえられ、外国管理になっている。芙美子は不快な気持ちになる。「こんな犠牲を払って戦っている日本は、そうそう外国に遠慮なんかしない方がいい」「武漢の棉の大平原だけはしっかりと日本のものにしたい」と訴える。

当時の列国は、英仏ソが徹底した対日圧迫・援蔣方針（蔣介石を援助）で、米も当初の不介入から英と歩調を合わせ始めていた。

「戦死者は五名」に嗚咽

林芙美子の〝漢口一番乗り〟は大々的に喧伝され、一躍有名になる。

朝日新聞の一〇月三〇日付夕刊は【漢口にて渡辺特派員二十八日発】として「ペン部隊の『殊勲甲』／芙美子さん決死漢口入り」を「従軍姿の林女史」の写真入りで報じた。

「ただ一人の日本女性として林芙美子女史が漢口に入城した。林さんがあの荒涼たる武漢平原を行くのはそれこそ戦場の奇蹟である。林さんは忽ち戦場の人気の中心となって、林さんの勇敢さと謙譲さに全軍将兵心から尊敬し、感激した。砂塵の中を、雨の中を行き、夜露に濡れて露営して進んだ。自動車はいつ地雷に引っかかるか知れない。林さんも勿論決死の覚悟で従軍した。二十五日夜、漢口北端大賽湖の堤防決潰でアジア号は渡れず、愈《いよいよ》漢口突入であるので、記者（渡辺特派員）は林さんに後に残って貰った。林さんは一日遅れて入城したが、それでも陸のペン部隊での漢口一番乗りである。林さんの漢口入城は、全日本女性の誇りである」

二八日、「明日は漢口を去る」ということで、夕方、芙美子は稲葉師団長に別れの挨拶に行く。稲葉から「私は昨夜もねえ、あなたの事をじっと考えてた。今度のことは伊達や酔興では中々出来ない。全く戦場の奇蹟だなア…」と感心される。

師団長は、広済から漢口までの追撃戦でどのくらい戦死者や負傷者があったと思いますか、と尋ねる。芙美子が緊張していると、「戦死者は五名、負傷者が八十一名ですよ」と語る。敵の死傷者が七万と聞いていた芙美子は、「一兵も損ずるな」という命令を聞いたのを思い出して思わず嗚咽《おえつ》してしまう。

芙美子は同日、支局に訪ねてきた、画家の藤田嗣治《つぐはる》と会った。藤田は海軍省嘱託で、作戦記録画を描くために来ていた。

漢口で藤田嗣治が描いた林芙美子（『戦線』口絵より）

藤田は漢口での芙美子の上半身のスケッチ（水彩画）を残している。芙美子はよほどうれしかったらしく、『戦線』の口絵（モノクロ）に使った（現物はカラー）。

藤田が直後の『文藝春秋』一二月増刊号に書いた「聖戦従軍三十三日」の「十月二十八日」には、「林芙美子さんが風呂敷を頭からかぶって、丸丸と蟠《わだかま》ってはいるが、熱を出して寒がっている〔注：マラリア〕。漢口一番乗りを誰れ一人祝わぬ者はない、本当にえらかった、よくやりましたと、同行の朝日の記者の渡辺君さえも、林さんの勇気を賞めたたえている」とある。

翌二九日の下りの船で二人は一緒だった。芙美子は絵が好きだし、二人には「パリ、従軍」という大きな共通点があったので、かなり交流を深めたとみていい。戦争の真実を記録することにのめり込み、戦後、「戦争協力」の烙印を押された、代表的な二人である。

三〇日、安慶。あとは空路で南京、上海を経て福岡に戻り、三一日午後、大阪に着いた。

漢口から帰還する船上での藤田（左）と芙美子（右）
（昭和13年10月29日）

日本を出て五〇日。帰りはわずか二日ほどだった。

帰国後、芙美子はマラリアの熱に苦しみながら、驚異的に仕事をこなす。一一月一日は早速、大阪で従軍報告講演会。夜行列車で上京すると、二日は東京の二カ所で講演。二重橋前で宮城を遥拝し、靖國神社に参拝した。その後は、第六師団の地元である小倉、熊本、鹿児島でも凱旋講演した。

一二月には『戦線』刊行、『婦人公論』新年特別号に「北岸部隊」一挙掲載（元日付で単行本刊行）。陸海軍の恤兵《じゅっぺい》部（軍への寄付や慰問を扱う部署）に各五百円、朝日新聞社の軍用機献納資金に五百円を献金した。

佐藤卓己は『戦線』中公文庫版解説で、朝日新聞が部数で毎日新聞に追いつくのは日米開戦の一九四一年だが、その〝追撃〞には朝日新聞の「戦線」キャンペーンが「一役も二役も買った」と指摘している。芙美子と朝日新聞社との関係はその後、べったりと言っていいほど深まる。

同じく漢口攻略戦に従軍した石川達三（南京から九江に向かう船中で会っている）は、当時の芙美子の「聡明さと計算と度胸と闘志」を没後に述懐している。

林芙美子は時折、チェーホフ流に三つの語句を連ねて表現する。「残酷であり、また、崇高であり、高邁である」戦場（『北岸部隊』）で、「愛情と、清潔と、規律を守ること」を肝に銘じて軍列に加わったのである（『戦線』後記）。

ＰＴＳＤとなる

芙美子はちょっと頑張り過ぎたようだ。

「仕事にも生活にも、何か圧迫されているような、性急なものを私は頃日感じています。内部から、すべてを大改造しなければならないような、そんな寂寞としたおもいを味っているのですけれど、この空漠としたおもいは、このまま当分続いてゆくよりほかはないでしょう」（『心境と風格』昭14・11所収「生きる日の為に」）

今ならＰＴＳＤ（心的外傷後ストレス障害）と診断されようが、芙美子は訳が分からず苦しかっただろう。

「あの数ケ月の間の、私の魂をゆりうごかした素朴な感情は、どうしてこんなに弱い感情にまで墜ちこんでしまったのだろう……。戦場から戻って来た当時、私は、ルマルクの小説の中の一兵士のような、説明のしようのない淋しさも感じていました。いまではその寂寥が、大きな空所となって、私の耳や眼や口は、経《たて》も緯《よこ》もない静物《でく》のようなものになりつつあります」(同)

芙美子は丹波の山中に住む知人を訪ねる。自分でも「何の為にこんな旅行をしているのか」分からない。知人宅に三日滞在し、おいしい水と空気に心が癒やされる。芙美子は「旅行の感謝」と呼んでいるが、「こつこつと自分の仕事に励んでいくより道のないさとり」が開けた。

わずか三日でPTSDが治るとも思えないが、結果的にはこの昭和一四年も、芙美子はかなりの量の仕事をこなしている。

漢口から帰国直後の前年一二月下旬から五月半ばまで朝日新聞に連載した、長編小説「波濤」。序文に「傷兵軍人の希望を書きたかった」とあるように、中国戦線で重傷を負って帰ってきた青年と、東京で事務員として働く若い女性の物語だ。

芙美子は中国でたくさんの負傷兵を見たし、この頃、負傷して帰国した少尉の見舞いにも行っている（「若き少尉をたずねて」）。九江から南京へ引き返す時に乗った病院船の中で、息を引き取った少尉と枕を並べていた人だ。

七月には夫緑敏が除隊した。兵役は陸軍二年、海軍三年だが、衛生兵は一年六カ月で帰休（現役のまま除隊し、必要あれば召集される）したという（『戦前事典』）。宇都宮の陸軍病院勤めで前線には出ていないものの、兵役から帰ってくる男を待つ女性の気持ちはよく分かっただろう。戦後に至るまで作品によく生かされている。

得意の自伝的作品の中でも重要な「一人の生涯」（昭14・1—12『婦人の友』連載）も書いている。

『心境と風格』所収の「事変の思い出」では、芙美子の愛国心が再び高まっている。

「この大きな日支戦争を、この二周年記念日のいまもなお、『事変』と呼ばしているのが不思議で仕方がない。／なぜ、堂々と『戦争』と云っていけないのだろう。日本の歴史に輝しき戦史として、私はこれからの教師に、歴史家に、『事変』だなぞと云ってもらいたくない」

「漢口が陥落したら、この戦いも一息だろうと思っていたけれど、武漢攻略なってからも、広東、海南島、汕頭、と戦況はめざましく進んでいっている」

このため日本の在満兵力は八師団と手薄になった。極東ソ連軍は約三〇師団に増強し、一四年夏、満ソ西部国境で両軍が衝突したのがノモンハン事件である。

芙美子はなんと、現場である北満に飛び出していく。

第九章　文芸銃後運動に打ち込む

満州に向かう人の群れ

林芙美子は昭和一五年一月五日、冬の北満に旅立つ。その様子は「凍れる大地」に詳しい。六日朝九時に下関に着いて、一〇時出帆の関釜連絡船に乗った。ものすごい数の旅行者で、「この大河のような人間の流れはいったい大陸のどの方面に吸収されてしまうのだろうか」と考える。

夕方六時に釜山に着く。足先が凍りそうに寒い。汽車のホームへ陸橋を降りていくと、朝鮮人の売り子が「あまくりい」と甘栗を売っている。

「ひかり」という汽車の二等寝台に乗る。買った甘栗を食べる。

芙美子は九年前、昭和六年一一月にも急行列車で朝満国境の安東に向かっていたが、それは満州事変直後の緊迫した時期だった。

それが今や、溢れるような人を乗せて、汽車は何の危険もなく走っている。満州国の公式服である、うぐいす色の「協和服」を着ている人も多い。

駅で朝鮮の新聞を買うと、生産力の拡充、国際貸借の均衡、需給の調整と、戦時日本の色彩が濃く出ている。芙美子は日本の現在を憂えて、重苦しい気分になる。

東京を出る頃、阿部信行内閣は風前の灯だった（このあと一四日に総辞職）。内閣発足直後の前年九月、ドイツがポーランドに侵攻し、英仏が対独宣戦布告をして、第二次世界大戦が勃発した。阿部は欧州不介入、支那事変の処理に注力したが、不信任決議され、軍部からも見放された。

この頃、日本では短命な内閣が続いた。先述した広田弘毅（一〇カ月半）、林銑十郎（五カ月）、近衛文麿（一年七カ月）、平沼騏一郎（七カ月）、そして安倍信行が四カ月余り。芙美子が「なぜみんな力を添えて、大きく押し通せないものか」と嘆くのは無理もない。勇気と誠実の溢れた「人」と「国」の強化を求める、とはっきり書いている。

この「凍れる大地」は、雑誌「新女苑」四月号に掲載された。佐藤卓己『言論統制』（中公新書）によると、事前検閲で「掲載不許可」となったが、編集者と陸軍省新聞班少佐との交渉で「ある程度」の削除と訂正で掲載を認められたという。しかし、しっかり時局批判は残っており、筆禍事件というほどのものであったのかは疑わしい。

翌朝、平壌で目が覚め、食堂で朝食を済ます。午後一時頃、安東着。粉雪が舞う。駅構内は満人や朝鮮人がいっぱいだ。国境（鴨緑江）の満州側の町なのだ。税関検査を受ける。満人の引く俥に乗って、採木公司理事（元ハルピン総領事）の八木元八を訪ねる。昭和七年四月、パリで金に困っている芙美子に二百円も送ってくれた人だ。外交官らしくいつもしゃれた背広姿だった八木も、今や役所に出るときは協和服だ。

そのまま官舎に三日も泊まる。八木の関係する製材所と製紙会社を見に行ったほかは外出せず、ゆっくり休養した。

一〇日正午、再び「ひかり」で安東を発つ。零下二〇度くらいに冷え込んでいる。

首都新京の堂々たる大建築

満州国の首都、新京着。片田舎のような淋しい長春時代から、人口四〇万人の都会に変貌している。

例によって新聞記者たちが迎えに来る。漢口で従軍を共にした朝日新聞の渡辺正男記者も来た。皆、毛皮の外套にラッコの帽子を被っている。渡辺は前年、ノモンハンにも従軍したという。誘われて渡辺宅に泊まることにする。

パリの郊外にある官吏住宅のような二階建てのアパートだった。満州は住宅不足と聞いていたが、狭いながらも客間や居間、女中部屋、台所、風呂場がある。スチームも暖かい。渡辺は四人家族と女中で住んでいる。

翌日、渡辺の案内で新京を見て回る。

市民の住宅がなく、お役所風な大建築ばかりである。

それもそのはず、新京は国都建設計画に基づいて造られた近代都市なのだ。国務院や各部局、首都警察の庁舎、中央銀行、電信電話会社など、いずれも御影石の堂々たる建造物である。芙美子は「このような大建築に務めを持つ人達はいったい何処に住んでいるのだろう」と首をひねる。

芙美子は日本旅館に移って、あと二泊ほどしたようだ。

しかし、住宅がない街に違和感を持ち続ける。

そして、もうひとつ、ないものがある。

「新興の意気みなぎる大新京の街に来て、旅行者の私の眼には沙漠の街に来た感じがするのはどうした事であろうか、雄大な大理想のもとに計画されたこの都市新京に、一つの川もなければ運河もないと言うことは仏を造って眼を入れない感じがしないでもない」

芙美子は、家と河のない、若い人たちの生活を淋しく思う。精神文化に鍛えられた青年層によってこそ、東亜新秩序の建設とか国内強化とかを日本は進めていけるのではないか。しかし内地にも満州の新天地にも、青年らしい青年層が少ない。

この部分は、芙美子には珍しく論理の飛躍があって分かりにくい。渡辺記者の幸福な家庭を描写しながら、住宅のない新京の街を批判するところはうまくつながらないし、「家と河」「精神文化」「青年層」「東亜新秩序」のくだりは脈絡がなく説明不足だ。ひょっとしたら、ここが検閲で削除や訂正をした部分なのかもしれない。

「東亜新秩序」とは、これより一年ちょっと前の昭和一三年一一月三日に近衛文麿首相が提唱したものである。一〇月の広東、武漢三鎮攻略を受け、近衛は国民政府に対して「東亜安定の新秩序のために日満支三国が協力し、国際正義、共同防共、新文化の創造、経済結合の実現を目指そう」と声明した。

牡丹江も発展で住宅不足

文中、芙美子は満州の地図を広げる。読者にもご覧なさいと言っているように。地図には開拓民入植地の赤い丸印が、いたる所についている。

ソ連国境に近い東北部の佳木斯《チャムス》に目がいく。東部の森林に思いをはせ、樹木名を列挙する。昭和九年の樺太への旅で、切り株だけになった山野を見て「木が可哀そうだ」と嘆いた芙美子。晩年の傑作「浮雲」でも、仏印や屋久島の樹木が数多く出てくる。

「ものみな凍れる」真冬の満州に来て、さらに東部の行けるところまで行くという。昭和六年にはハルビンから西に折れてソ連に向かった。今度は東へ。まるで満州全域を踏破しないと気がすまないかのようだ。

新京から佳木斯までの二等切符を買い、夜中の汽車に、朝日新聞の伝書鳩班五人と乗り込む。牡丹江までの道連れだ。伝書鳩は漢口戦でも活躍した。『戦線』には「無言の戦士・前線へ行く朝日の伝書鳩」というキャプションで、鳩の写真まで載っている。朝日のトラック「アジア号」は無電で原稿を送っていたが、機械が不調なときのバックアップ、あるいはフィルムなどの軽い物を運べるからだろう。彼らは汽車に、鳩や鳩舎まで積み込んだ。

早朝、ハルビン着。昼過ぎに停まった一面坡《めんぱ》は有名な避暑地で、ハルビンのロシア人が夏に来るところだという。新京で買ったピロシキが余ったので、三等に乗っている警備の兵隊に持っていった。満州国の兵隊だった。言葉が通じず、きまり悪そうに一人が受け取った。

牡丹江に夜八時頃着いた。駅前で夕飯を食べて鳩班とは別れた。ホテルで風呂に入り、女の按摩《あんま》を頼む。その人によると、六、七年前に来たときは鉄道もなかったが、見る間に発展して家が足りなくなり、一部屋に二、三家族が住んでいるという。

翌日は伝書鳩係の車で街を見る。大きな建物がたくさん建っていて道幅も広く、大都会の相貌だ。鳩班は畑に木造の鳩舎を三つも組み立てている。「夜、凍ってしまわないでしょうか」と尋ねるが、大丈夫だと言われて感心する。

明くる早朝、佳木斯行きの列車に乗った。外はいたる所にキジが飛んでいる。駅にはたくさん材木が積んである。林口という分岐点では、ツングースやキルギス、オロチョンといった諸民族の顔を見て、親近感を覚える。

弥栄《いやさか》村という開拓村の村長格と車内で知り合い、芙美子は日本の「運命」を、痛切に考えずにはいられない。

「(天皇の)大きな慈愛と、大きな文化を持った日本の国土を、この寒い辺土に来て、しみじみと眺め、視つめ、反省するのだ。(略)いまは何も彼も私達は忍ばなければならない一つの大きな時代に到達して来ている。新しい土地をみつけて、私達はどんどん開拓し、子孫の安福を計らなければならない」

どこにでも女性が来て地盤を作る

夜九時頃、佳木斯に着いた。

朝日の鈴木という人（記者か社員か書いていないが、いつも通りなら記者だろう）が車で迎えに来ていて、宿まで送ってくれた。

日本旅館の女中や女将《おかみ》は、のちの芙美子の短編に出てくるような人たちだ。

女中は新潟から朝鮮の清津に渡り、汽車で図們を経て佳木斯に来たという。このような女性がこうしたところへ雄々しく働きに来て、一つの地盤を作ってくれる。後から来たインテリの旅行者が神経質な批判を加えるのは控えるべきではないかと書く。芙美子もインテリの側だろうが、彼女らの行動に対して、「よほど積極的な植民地魂がなければ出来ない」と肯定する気持ちになっていく。

女将は福島の人で、朝鮮の林野局官吏の妻だったが、それに満足できず、魚屋をやったり、牡丹江では人に騙されて文無しになったり。佳木斯が発展すると聞いて来て、最初は掘っ立て小屋を建てて住んだ。松花江の船着き場に行って客引きもし、鉄道ができると駅に客を探しに行った。つまり、売春で金を貯めて、旅館を持つまでになったわけだ。

一月一七日になった。零下一七度。朝日の鈴木夫妻の案内で街を見る。

兵隊が街にあふれている。松花江は氷結している。

「流れのとまっている河を誰が想像出来るだろうか」

湖沼や河川の多い満州の平野に、水のある土には希望があると考える。

芙美子は、今日《こんにち》でいう地政学的な興味を覚える。

「シベリアから東方へ出たいと言うのぞみをもった露西亜が、黒龍江へそっと眼をつけていたのも何となくわかる」「満州支那へ対する諸国の条約を無視して、外蒙古の侵入をどんどん今日まで継続していた」

松花江も黒龍江も巨大な川だ。神様に「どうしてこんな海のような川をお創りになったのですかとたずねてみたい」と思う。

満州はとにかく安全になった。

「漢族とか、満州軍の往来激しかったこの大満州も、いまは兎にも角にも落つくところまで落ついた」

翌朝九時、「赤い郵便トラックのような可愛い飛行機」で宝清に飛んだ。守備隊にいる、漢口戦従軍時の赤木少佐（第六師団参謀）に会うためである。

「薄暗い地平線、無味乾燥な地相、この厖大な大地の襞を越えて国境警備にあたっている兵士の人々の努力を大変な事だと考える。鬼だの蛇だのも住んでいようか……」

一〇時頃には着いた。出迎えた赤木少佐は見違えるように太っている。赤煉瓦《れんが》の官舎に行くと、若くて非常に美しい奥さんがいた。機内では咽喉《のど》と頭が痛かったが、部屋で休んで、だいぶ気分がよくなった。零下二七度。

兵舎で昼食をごちそうになる。ここでは将校も、代用食の蕎麦だった。

陸軍病院に寄ってから、協和会（満州国協和会）主催の座談会へ行く。

町に入ると、日本料理屋に案内された。広間には二〇人近い女たちと、協和会の五、六人が座っている。座談会といっても勝手に設けられたもので、芙美子は何を話していいのか聞いていいのか困って、だんだん腹立たしくなる。女将が「ここにいる芸者さん達は内地から直輸入でございます」と言っている。

そのあとは陸軍病院で傷病兵に講演だ。ここでも何を話していいか分からず、戦場での思い出話をして「どうぞ元気でいて下さいますようにお祈りいたします」と結んで壇を降りた。

夕食は赤木少佐の官舎で奥さんの手料理をごちそうになる。途中、また協和会の座談会に出ろという電話が来る。へとへとだが行くと、宝清の歴史や地勢を熱心に話す人がいて、うれしかった。開拓村や青少年義勇軍の話も聞いた。

官舎に戻ると、赤木少佐がベートーベンの交響曲第八番のレコードをかけてくれた。久しく文化に飢えていた心にしみわたる。

翌日、飛行機で佳木斯に戻る。防寒帽のひさしにツララが下がった。上空から見る佳木斯は非常に大きな都会だ。たくさんの工場が煙を吐いている。

朝日の鈴木夫妻は大陸ホテルの部屋を借りて住んでいて、芙美子もそこに二、三日居候《いそうろう》することになった。

忠霊塔にお参りに行って、もっと荘厳な美しいものにはできないのかと苦言を呈する。真善美はもう要求してはならないのか。すべてのものが統一されて一様な姿になるのは考えものだ。この頃、女性の国民服も取りざたされているが、職業によって生活によって、いろいろな服装があっていい。どのような衣服を着ていても、国を思う心に変わりはない。国民服を着て愛国の念なき者ほど愚かなものはあるまい。こう、芙美子は堂々と主張している。

突如、愚痴がはさまる

鈴木夫妻の案内で、開拓村に行く。

岩城村は荒涼とした原に点々と平たい家が建っている。広場では凍った土の上で脱穀している。馬が石臼《うす》を引いて、のろのろ歩いていた。冬、この広い大地を耕作している人たちに、大変な事業だなと思わずにいられない。茨城村での養鶏も、冬は寒いので、家の土間の隅に鶏舎があった。

芙美子はただ黙って鈴木たちの話を聞いていたと言い、実に内容に乏しい。

さらに異様なのは、次の第一一節だ。

佳木斯から汽車で一時間ほどの追分にある、青少年義勇隊の訓練所に行ったこの日、芙美子は不満を爆発させる。

どの人の満州紀行を読んでも、汽車はパスで乗り（無料という意味だろう）、開拓村とか義勇隊視察にはちゃんとした案内がついている。「私は内地で色々と手続きをして貰ったはずだのに、あまり公式な便利は与えられなかった」というのだ。

だが、そもそも第一節には、今回の満州行きは何ひとつスケジュールもなく、一冊の案内書も、誰彼への紹介状もない。地図一枚きりの非常に気楽な旅行だ、と書いているのだ。ところが今になって、便宜を図ってくれなかったと駄々をこねているわけだ。

いったい誰に？

前掲書『言論統制』によると、陸軍省新聞班少佐との間に齟齬があったようだ。しかし、それは読者には関係ない。愚痴をそのまま書かれても困る。

芙美子は、鈴木記者が親切に案内してくれたので助かったという。じゃあ、それでいいではないか。まるで子供の喧嘩だ。言論統制や筆禍事件どころか、芙美子は「内地で色々と手続きをして」くれた人（陸軍省新聞班の少佐？）に文句を言っているだけなのだ。

さて、芙美子が訪ねた青少年義勇隊とは、数え年一六歳から一九歳の、青少年のみの開拓団である。この追分訓練所には三百人の隊員がいた。芙美子はそこを見学して、若い寮母、医者、複数の井戸、この三つが必要だと訴える。

五族協和の世界

もう夕方になったが、芙美子はさらに汽車で弥栄村に向かう。ここからは、岩城村や茨城村、青少年義勇隊追分訓練所とは違って、いつもの丁寧な描写に戻る。

帝政ロシアの時代がかった列車の中で、石炭や材木の話を耳にして「全く、宝庫のような充分な植民地の要素を満州は持っている」と感じ、「露西亜人が、如何に、此東部満州に一種の野心を持っていたかがうかがわれる」と書く。

弥栄村は良質な蜂蜜ができると聞き、着くとすぐ駅の売店に行ったが、何もなかった。駅の中は満人の苦力で満員だ。どこへ行ってもそうなのだ。

芙美子は重要な問題に気づく。「開拓民と言えば、土着の満人の農民と、開拓民との間はどのようになっているのか」

月夜の弥栄村を歩いていると、日本の唱歌が聞こえてくる。しかし、寒いので、芙美子は大事な問題に迫ることなく駅に戻ってしまう。

そして、答えの代わりなのだろうか、どてら姿の粗暴な男を登場させる。

駅長室のストーブにあたっていると、満人の守備兵も駅夫もいるのに、男はいろんな話の末に、こう大きな声で言った。

「チャンコロの奴、働かないから、殴りつけてやったら、やっと水を汲み出したよ」

類型的すぎて、本当にいた人物か怪しいとも思うが、こんなことまで書いてしまうところが林芙美子である。びっくりして男を見つめた、とあるだけで、感想はない。

一月二三日、朝九時の汽車で佳木斯を発った。

夜九時頃、牡丹江に着いて、富士屋ホテルに落ち着くと、また女中の身の上話を聞く。芙美子は自身がカフェの女給をしていたから、客商売の女たちが好きなのだ。名は春江という。

春江の両親は長く樺太の真岡で風呂屋をしていた。支那事変で経営は悪化、一家で郷里の千葉に戻った。七歳の息子のために稼ごうと朝鮮に渡る。船内で牡丹江がいいと聞いて、行き先を変える。洋裁所を開いたが失敗。いったん千葉に戻って、再び牡丹江に出てきた。女中の月給八〇円のうち六〇円を郷里の家族三人に送っているという。

翌朝、芙美子が便所に行くと、ロシア婦人が掃除していた。春江に聞くと、彼女の夫が友達と恋に落ちて首をくくって死に、もうじき後始末に帰るのだという。

春江も、このロシアの掃除婦も、少しも暗い表情を浮かべず、たんたんと生活している。まさに芙美子の小説の世界の人たちだ。

満人街は非常ににぎやかだ。朝鮮人もかなりいて、あらゆる民族の総人口が牡丹江では二〇万人近いという。満州国の理念である、五族協和（日、満、蒙、支、朝）の社会だ。これに加えて、ロシア人も芙美子の文章にはよく出てくる。もちろん白系（ソビエト政権に反対の人）だろう。

綏芬河《すいふんが》という満ソ国境の町へ行く切符を買ったところで、残念ながら「凍れる大地」は終わる。芙美子は二月二日に福岡に戻ったというから、あと一週間は北満を旅したのだ。

「銃後婦人の問題」を各地で訴える

昭和一五年二月、文芸家協会の菊池寛会長が文芸銃後運動を発案し、全国で講演会をやると決定した。会員自腹でのボランティア活動だ。

北満から帰ったばかりの芙美子は真っ先に手を挙げ、第一班となった。

メンバーは芙美子のほか、菊池寛、吉川英治、久米正雄、岸田国士（以上はかつて漢口ペン部隊でもあった）、横光利一、中野實の七人だ。

五月一日、内閣情報部は参加講師一同を首相官邸に招いて壮途激励の会を催した。菊池会長ら各講師は、文芸家の立場から職域奉公の精神で運動を完遂すると答えたという。

芙美子たち第一班は、五月六日から九日間で、東海近畿地方の八大都市（浜松、静岡、岐阜、名古屋、京都、大阪、神戸、和歌山）を回った。

演題は、林芙美子「銃後婦人の問題」、菊池寛「事変と武士道」、吉川英治「心構えの話」、久米正雄「文芸的事変処理」、岸田国士「風俗の非道徳性」、横光利一「現在の考うべきこと」、中野實「帰還の言葉」である。関西では、陸軍病院の慰問に漫談を加えた。

この活動は大変な反響を呼び、聴衆は合わせて一万六千人。会場に収容しきれず、場外に拡声器を設けた所が三カ所ほどあった。

岸田国士は「文字通り強行軍であったが、私が病後のからだを多少労わった以外、他の諸氏はよく頑張った。そして、いずれも、こんないい聴衆はいままでにないといって褒め、かつ、悦んでいる。なにかしら手応えがあった証拠である」と東京日日新聞に書いた。

芙美子はさらに、第三班のうち東京市内の会に参加し、七月八日、早稲田の大隈会館で川端康成らと講演した。東京五カ所で聴衆六千人。

また第六班（四国）にも参加し、一〇月五日から一一日まで、四大都市（高知、徳島、高松、松山）を横光利一らと回った。徳島からは漫談も加わり、聴衆は七千人を超えた。

文芸銃後運動講演会は、一二月まで一一班が、内地以外にも朝鮮、満州、台湾を回った。久米正雄と中野實に至っては、一二月の那覇、台湾のあと広東に飛んで講演し、さらに仏印のハノイ、サイゴンを訪れて慰問視察を行っている。

この仏印は当時、焦点の場所だった。少々、説明が必要になる。

この年（昭和一五年）七月、再び近衛文麿が首相に就いた（東條英機が陸軍大臣）。そして、すぐに二つの重要政策が決定された。

①東亜安定のため、すみやかに支那事変を解決する。

②米英の経済圧迫に対し、戦争を避けつつも、我が国の独立と自存を全うする。

日本は、重慶（蒋介石）と米英との提携（仏印ルート）を分断するため、フランスと交渉した。日本はフランスの領土保全と主権を認め、フランスは日本兵の駐在を了解した。九月末、日本は北部仏印に五～六千人を派兵した。

さて、文芸銃後運動講演会は、講師の総数五四人、のべ九〇人余り。芙美子は三度参加したので、突出して動き回った久米正雄を除けば、いちばん熱心に取り組んだ。聴衆は総計一〇万六千余人。

昭和一六年発行の「文芸銃後運動講演集」で、芙美子の「銃後婦人の問題」の後ろ三分の一を見てみよう。

もう、よほど、若い女の人達も華美ではなくなりましたけれども、華美にするなと言われると、急に女のひとは髪に油もつけないで、不潔な姿で歩いています。私は若い女の人の美しいのは大変好きです。華美にならない程度でおしゃれも必要ではないかと思われます。女の人がみんな地味になりきたなくなる世の中というものはかえって不幸だと思います。何ものにも、おびえる事なく、清楚な美しさを発揮して貫いたいものです。

十年程前、欧洲へ行き、ベルリンのツオという動物園の近くに、下宿していました時、そこのお神さんが、夕食が済むと、電気を消していましたけれども、話をするのに、燈火はいらないと言って、暖炉の火明かりで、私達は話をしあいました。欧洲大戦のあと、疲弊したドイツが、第二欧洲大戦に立ちあがったのも、こうした、市井の一婦人の節約心が大をなしているのではないかとも考えられます。くだらないことにルーズで、かんじんの、頭髪の油を倹約したり、クリームをつけなかったりしないで、家のなかは明るく清潔につましく、自分の若さ美しさは大いに発揮してもらいたいものです。

昭和十三年の秋、私は陸軍部隊について、漢口攻略戦に参加いたしましたけれど、その時、兵隊の方々と四十日ほど行軍や露営をともにしてみて、内地からの慰問袋や音信をどんなにか大切にされたということを私は身に沁みる思いで見て来ました。あじさいの花の押花を送って来た小学生の慰問袋がありましたけれど、デパートでとりそろえたものより、その真心はどんなに兵隊の方々の心を強く明るくしたかわかりません。

女性の真心をどんどん戦場へ送ってもらいたいものです。内地でも、現在はいろいろな苦しみが渦をなしていますけれども、兎に角、日本は日本人一億でこの苦難を切り抜けてゆかなければなりません。新しい体制よりも、私はむしろ真《まこと》の真《しん》体制をのぞんでいます。

女のひとも、もっと積極的に、何者にもおびえないで、各職場で美しく元気に働いてもらいたいものです。おびえていては、元気な赤ン坊も生れません。女だからおしゃれをして遊んでいるというのではないのですから、すくすくとひがまない美しい女性になっていただきたいものです。結婚して赤ン坊が出来ても、子供をすくすくとそだてていただきたいものです。

子供の言っている理想が、大将や、大臣になるということだけでなく、もっと広く、「僕は大きくなったら、天文学者になる」とか、「飛行家になる」とか、「実業家になる」とか、「音楽家になる」とか、そんな理想も子供の口からきくように、なりたいものです。女のひとはどんな事にもおびえないで下さい。

また、年をとったインテリ階級の婦人が、街の女性にカードを渡したりしていましたけれど、私はむしろ、早く結婚していい子供をつくって下さいというカードを渡した方が、女性をよろこばせ元気を与えたろうと思います。

おびえないで、すこやかな女性が日本じゅうに生れる事を私は希望します。


一〇年ほど前、欧州に行ったとき（つまり、昭和六年のパリ行きだ）、ベルリンで下宿していたという一節が新発見であるのは、第四章で詳述しているので、ここでは繰り返さない。

ただ、どうして芙美子は昭和一五年になって、それまで言及しなかった事実を明らかにする気になったのか、だけを付け加えたい。

当初は、筋金入りの共産主義者である白井晟一と二人でベルリンに行ったことなど、警察にも夫にも知られてはならないから、パリ郊外を旅行していたと偽装までして隠していた。

しかし、白井は〝山岳アジト〟を摘発されて、〝転向〟したのかどうかは分からないが、翌年から住宅設計の第一歩を踏み出した。建築家となってからの経歴には、共産主義の影もない。芙美子ももう安心して――あるいは文芸銃後運動のどさくさにまぎれて――明かすことができたのだろう。あるいは、後世の研究のために、ヒントを仕込んでおいてくれたのかもしれない。

その白井は、戦後、数々の賞を受け、一九八〇年には日本芸術院賞を受賞した。彼は「縄文的な」感性を追求したといわれる。また書家でもあった。八三年に七八歳で亡くなっているが、近年も、その仕事を評価し、振り返る展覧会が開かれている。

第一〇章　太鼓をならし笛を吹いたのは誰か

「東亜においてただ日本だけ」

昭和一六年六月、中華民国の汪精衛（汪兆銘）主席が来日した。

前年、南京で日華基本条約、日華満三国共同宣言を調印したお礼である。

六月一八日、天皇皇后両陛下に謁見し、二三日には近衛文麿首相と共同声明を発表した。

翌二四日の「友邦日本を訪れて」の演説は感動的だ。

「『東亜新秩序』というスローガンが、貴国日本から唱え出されてからの中国方面では、暗澹たる中にも初めて一縷の光明を見出した。また近衛声明が発表されてからは、更に具体的に中日両国の提携の方法が明らかとなり、この一縷の曙光に向って前進するに至った。

東亜新秩序建設の持つ意義は、一方において百年この方侵入して来た西洋の経済的侵略主義の害毒を、我が東亜から駆逐し廓清せんとすることであり、他方においては二十余年来の共産主義の狂濤を防遏《ぼうあつ》せんとすることであって、かかる責任を独力で背負うことのできるのは、今まで東亜においてはただ日本があるだけであった。(略)中国は立ち所に反省し、『最早や我々は兄弟牆《かき》に鬩《せめ》ぐ〔注:兄弟で内輪喧嘩をする〕時節ではない。中国は速に自己の本来の面目を回復し、東方の道義的精神に基いて経済侵略主義と、共産主義との二重圧迫が連鎖となって形成している旧秩序を打破し、独立自由、共存共栄の新秩序を建設しなければならない』と自覚するに至った」(『汪精衛自叙伝』)

芙美子は、自分も従軍した南京攻略戦の意義に思いをはせ、感慨深かったことだろう。裏返せば、中国共産党にとって、日本による首都・南京攻略の意義は絶対認めてはならない。だからこそ「大虐殺」に目を向けさせなければならないのだ。

恩人、長谷川時雨の死に際して

同年八月二二日、長谷川時雨が死亡したときの林芙美子の反応について、平林たい子は、えげつない話を書いている。

「火葬場で棺がかまの中に入ったとき、一人が泣いた。と、そばで見ていた芙美子さんが、物かげで大笑いしてその涙をあざけった」というのだ。

実に不可解だ。長谷川時雨は、芙美子の「放浪記」が初めて載った雑誌「女人芸術」の主宰者。いわば「文壇に出してくれた人」、恩人だ。

芙美子より二五歳年上で、早くから劇作家として名を上げ、四〇歳のときに当時の流行作家三上於菟吉《みかみおときち》と結婚すると、昭和三年七月、女だけの文芸雑誌「女人芸術」を創刊する。無名の女たちが競って原稿を持ち込んだ。芙美子もその一人だった。

右から長谷川時雨、芙美子、吉屋信子
（昭和 10 年 11 月 14 日、芙美子の短編集『牡蠣』出版記念会で）

夫の三上が先に芙美子の才能を認め、創刊の翌八月号には「黍畑」の詩を載せた。再び時雨を訪ねた芙美子は「歌日記」と題された古びたノートを差し出す。これも三上がまず読んで時雨に勧め、同年一〇月号から翌々年の一〇月号まで二〇回にわたって連載した。各回のタイトルに「放浪記」という副題を付けたのも三上だった。

だから、芙美子は三上には恩を感じても、時雨に対しては「自分を認めなかった」という逆恨み的な感情をずっと根に持っていたのかもしれない。

さらに戦争が始まると、芙美子も時雨もともに積極的に関わろうとするが、アプローチの仕方が全く違った。

芙美子は戦争の真実を見究めようと単独行動し、見たもの得たものはすべて作家として作品に記録することにのめり込んだ。

これに対し、長谷川時雨は集団を組んで派手にやった。

「女人芸術」が左傾化して当局ににらまれ、昭和七年に廃刊すると、翌八年、長谷川は「輝ク会」を結成して、機関紙「輝ク」を発刊した。タブロイド判四ページの新聞である。

昭和一二年の支那事変以降、「輝ク」は「皇軍慰問号」を出すなど、戦争支援を打ち出した。こういう〝ご都合主義〟は芙美子の最も嫌うところだ。同一四年には「輝ク部隊」を結成し、慰問袋を募り、戦死者の遺族や戦傷者を見舞い、占領地や戦地に慰問団を派遣した。また一五年には、陸海軍の資金で、文芸誌「輝ク部隊」と「海の銃後」を、翌年も「海の勇士慰問文集」を前線に送った。

一六年一月からは、長谷川は「輝ク部隊」の南支方面慰問団の団長として、台湾・広東・

海南島などを約一カ月かけて回った。その夏に発病し、彼女は死去したのだった。葬儀は「輝ク部隊葬」と呼ばれたという。その名称も芙美子にはカチンと来ただろう。

新聞「輝ク」が追悼号を出すというので、メンバーが追悼文を求めたところ、芙美子が書いたのが、かの有名な「太鼓をならし笛を吹き」の詩である（冒頭は省略）。

いさぎよく清浄空白にかへられた仏様、
おつかれでせう……。
あんなに伸びをして、
いまはどこへとんで行かれたのでせう。
勇ましく太鼓をならし笛を吹き
長谷川さんは何処へ行かれたのでせうか。
私は生きて巷のなかでかぼちやを
たべてゐます。

この詩を見た平林は、「長谷川さんは、たしかに、戦中は踊りすぎた。勇ましく太鼓をならし笛を吹き……という所では、私も大笑いした」と書いている。

戦後、どこですり替わったのか、芙美子に「太鼓をならし笛を吹き」の罪を全てかぶせたのは、井上ひさしだ。

井上は芝居「太鼓たたいて笛ふいて」（初演は二〇〇二年七月二五日～八月七日、こまつ座の第六六回公演）に、林芙美子を実名で登場させ、こんな酷い台詞を吐かせている。

芙美子　（絞り出すような声で）……太鼓たたいて笛ふいてお広目屋よろしくふれてまわっていた物語が、はっきりウソとわかったとき、……命を断つしかないと思った。わたしの笛や太鼓で踊らされた読者に申しわけがなくてね。……ボルネオからの帰りの飛行機の中では、なんども、このままアメリカの戦闘機に撃ち落とされたいと祈った……。

芙美子　……責任なんか取れやしないと分かっているけど、他人の家へ上がり込んで自分の我ままを押し通そうとするのを太鼓でたたえたわたし、自分たちだけで世界の地図を勝手に塗り替えようとするのを笛で囃した林芙美子……、その笛と太鼓で戦争未亡人が出た、復員兵が出た、戦災孤児が出た。だから書かなきゃならないの、この腕が折れるまで、この心臓が裂け切れるまで。その人たちの悔しさを、その人たちにせめてものお詫びをするために……。

書き写す価値もない誹謗中傷だが、芙美子の名誉挽回のため、さらには〝進歩的文化人〟の異常さを知ってもらうべく紹介した次第である。

小林秀雄との朝鮮講演旅行

文藝臨時増刊『林芙美子讀本』（昭32・3）の河上徹太郎「林さんとの朝鮮旅行」には、「昭和十六年の秋、十日ばかり一緒に朝鮮を講演旅行して歩いた」とある。

一行は河上と芙美子、新居格、小林秀雄、そして松井翠聲《すいせい》という漫談家が加わっているので、これも文芸銃後運動講演会だろう。前年、芙美子が同運動の先頭を切って第一班で東海近畿に行ったときも、松井の漫談が加わっている。

ここでも興味深い挿話がある。

「下関で船に乗るのに半日暇があった。林さんはこの地で生れたのだが、生れて何年だか幼女時代を過した家をその後訪れたことがないので、探して見たいからつき合えという。二人は同じような低い丘に小さな谷戸が入り組んだ場末の町を幾つも探して、やっと見つけた。階下は格子が道路に面し、二階は縁側に手摺が嵌まった、塩せんべいか魚の干物の臭いのしそうな、しもたやであった。私にとってはそういう任意の家屋に過ぎないのだが、林さんは何かを新たに発見しようとするかのように、ためつすがめつ観察していたが、しまいに私をおいて中へ一人ではいって行き、家人と暫く話をして出て来た。どうせ林さんとは縁のない住人だろうに、何を話したのか、きっと飛んでもない世間話をしていたのだろう」

長々と引用したのには理由がある。

芙美子自身が「放浪記」に下関のブリキ屋の二階で生まれたと書いているのに、没後二二年も経ってから、北九州市門司区の外科医が、芙美子は門司生まれであるという説を唱え、今やそちらが有力になってしまったので、反証として挙げた次第である。

河上徹太郎の回想によると、朝鮮では、まず大田で話をした。大田では、芙美子は小林秀雄と骨董屋に行き、それぞれの買い物について、宿屋へ帰ってしきりに議論していたという。

同じ文藝臨時増刊『林芙美子讀本』には、小林秀雄や川端康成ら五人による追悼座談会

「お芙美さんのこと」が掲載されている。

だが、編集部の「小林さんは講演旅行にご一緒にいかれたことはないですか」の質問に対し、小林は「一緒になったことはないね。何かありそうな気がするんだけれども、ないね」と答えている。川端が「ぼくはよく旅行に一緒にいったことがあります」と言うと、小林はさらに「ぼくは会ったのが偶然ばかりでね」と重ねて否定している。

一六年経てば忘れるものだろうか。筆者には、小林がしらばくれているように思えてならない。思い出となるような出来事がなかったならともかく、朝鮮では、一緒に買った骨董について熱心に議論までしているのだ。

戦前、文芸銃後運動講演会などを熱心にやっていたことを、小林は知られたくなかったのだろう。

さて、河上徹太郎の文章によると、この昭和一六年の朝鮮旅行（年譜では一五年）は、朝鮮半島全土を行く大旅行だ。

釜山から大田、京城、平壌。

「平壌で妓生から数々の古謡を聞くことが出来たのは、私にとってこの旅行の最大収穫であった。『アリラン』や『トラジ』なんかそれに比べると遥か後世に出来た甘っちょろいものだ。然しこの感激は、側にいた新居さんにも林さんにも通じなかった」

一行はそれから日本海側の興南や咸興の大工業都市を経て、北境の港・清津まで行った。清津近郊の温泉では、小林秀雄が道の知事を散々やりこめたというから、やはり小林が覚えていないはずはない。帰りは清津から船で敦賀に帰った。

米英との開戦二カ月前に新居に引っ越す

昭和一六（一九四一）年一〇月一八日、東條英機が内閣総理大臣となった。

昭和天皇は組閣の大命を下すにあたり、①憲法の遵守②陸海軍の協力を一層密にする③九月六日の御前会議の決定（対米戦争の決意）を白紙に戻し、平和になるよう極力尽力せよ——と東條に念を押した（『昭和天皇独白録』）。

ちなみに『昭和天皇独白録』は、昭和二一（一九四六）年の三月から四月にかけて、寺崎英成ら五人の側近が昭和天皇から聞き取ったもので、まだ東京裁判も開かれておらず、何にも色がついていない、超一級の史料だ。抜群に面白い。

天皇の、東條に対する評価は悪くない。

「東条《ママ》は一生懸命仕事をやるし、平素云つてゐることも思慮周密で中ゝ良い処があつた」。

「話せばよく判る、それが圧政家の様に評判が立つたのは、本人が余りに多くの職をかけ持ち、忙しすぎる為に、本人の気持が下に伝わらなかつたこと、又憲兵を余りに使ひ過ぎた」。そして「兎角評判のよくない且部下の抑へのきかない者を使つた事も、評判を落した原因であらう」し、「東条も後には部下を抑へ切れなくなつたものと推察する」とある。

こうして日本は極力米英戦を避けようとしたが、一一月二六日、米はいわゆる「ハルノート」を日本に突きつけた。

①日本の陸海軍は、警察隊も支那全土（満州を含む）および仏印から無条件に撤兵する

②満州国政府の否認

③（親日的な）南京国民政府の否認

④日独伊三国同盟の死文化

――という、日本がとうてい受け入れられない「最後通牒」だった〔注1〕。

〔注1〕第三一代米大統領ハーバート・フーバー（共和党）の回顧録『裏切られた自由』（草思社）によると、大戦期の第三二代大統領フランクリン・ルーズベルト（民主党）政権内の共産主義者が日米和平を妨害したという。和平がなれば、「蒋介石は日本軍との戦いから解放され、華北に籠る毛沢

東の共産党政府を潰しにくる」からだ。同書は、ソビエトを同盟国としたルーズベルト外交の誤りに厳しい目を向けている。

一二月八日、日本海軍はハワイ真珠湾を攻撃し、米太平洋艦隊の主力を壊滅させた。翌々日の一〇日にはマレー沖で英東洋艦隊の主力戦艦を沈め、西太平洋の制海・制空権を握った。

芙美子はこの年八月に下落合四丁目に新居(現在の林芙美子記念館)を完成させ、一〇月に引っ越したばかりである。土地の購入後、一年余りも自ら設計図を練りに練ったのは、建築家になった白井晟一に対する意識があったのかもしれない。

だがこの新居は、つかのま味わっただけで、芙美子は再び前線に飛び出すことになる。

第一一章　七カ月にも及んだ南方従軍生活

花のいのちはみじかくて

陸軍は昭和一七（一九四二）年が明けても快進撃を続けた。一月にマニラ、二月にシンガポール、三月にはラングーン（現ヤンゴン）を占領した。さらにスマトラ島第二の都市パレンバンへの落下傘部隊降下が成功するなどして、蘭印（オランダ領インドシナ＝現インドネシア）も三月には完全に攻略された。

四月一八日、芙美子は壺井栄とともに、広島・江田島にあった海軍兵学校を見学に訪れる。そのとき芙美子が書いた「花のいのちはみじかくて苦しきことのみ多かりき」の書幅が、かごしま近代文学館（鹿児島市）にある。今から戦争に行こうとする若者たちに贈る言葉としては酷な気がするが、どうだろう。芙美子なりの励ましの言葉だったのか。自分だけは後方の安全な場所にいるというのなら許されないだろうが、このあと芙美子は、再び戦地に飛び込んでいく。そうした自分への叱咤も含まれていたのかもしれない。

東條内閣は開戦後、大東亜政策を戦争目的とした。

東條英機の考えを知るには「東條英機宣誓供述書」が最適だ（国立国会図書館デジタルコレクションで閲覧・印刷できる）。

終戦後の昭和二三（一九四八）年一月に発行されたもので、一七〇ページ余りある。編者（東京裁判研究会）によると、東條英機が東京裁判開廷以来二〇カ月、克明にメモを取り続けて完成した十数冊のノートを基礎とし、弁護人の清瀬一郎、ブルーエットの両氏が九カ月にわたって稿を改め、文字通り三者の心血を注いで、昭和二二（一九四七）年一二月二六日の法廷に提出されたものだという。

まず、大東亜政策に至る前段がある。

一九一九（大正八）年、第一次世界大戦後の講和会議で、日本は国際連盟規約に人種平等主義を入れるよう提案したが、列強に葬り去られた。また、二四年七月、米国で排日移民法が成立した。

この二つは昭和天皇も大東亜戦争の遠因としている（『昭和天皇独白録』）から、どれだけ日本に衝撃を与えたかが分かる。

大東亜政策の眼目は、大東亜の建設である。

大東亜建設には五つの性格がある。

①共存共栄の秩序であり、自己の繁栄のために他民族・他国家を犠牲にするような「旧秩序」とは根本的に異なる。

②親和の関係は相手方の自主独立を尊重し、他の繁栄により自らも繁栄し、もって自他ともに本来の面目を発揮し得る。

③大東亜の文化を高揚すること。大東亜の精神文化は、物質文明の行き詰まりを打開し、人類全般の福祉に寄与する。

④互恵主義。大東亜は多年列強の搾取の対象となってきたが、今後は経済的にも相寄り相助けてその繁栄を期すべきである。

⑤人種的差別を撤廃し、あまねく文化を興隆し、進んで資源を開放し、もって世界の進運に貢献する。口に自由平等を唱えつつ、他国家他民族に対し抑圧と差別とをもって臨み、自ら膨大なる土地と資源とを独占し、他の生存を脅威して顧みざるごとき、世界全般

の進運を阻害するごとき旧秩序であってはならない。

東條は「太平洋戦争が勃発するや、戦争の完遂とともに大東亜政策の実現に渾身の力を尽くした」という。

具体的には、国内では①昭和一七年三月、大東亜審議会を設置し、総理大臣の諮問機関とした②同年一一月、大東亜省を設置し、大東亜政策に関する事務を管掌させた。

対外的には、①対支新政策を立て、中国との間にあった不平等条約の残滓を一掃し、対等の条約関係に切り替えた②占領地域内の各民族・各国家に対し、その熱望に応え大東亜政策に基づく具体的政策を実行した③大東亜会議の開催を提議し、その賛同のもとに各国の意思疎通と結束強化を図った。

女の作家は軍の嘱託、男は徴用

昭和一七年一〇月、芙美子は再び報道班員として、南方に赴く。六月のミッドウェー海戦で海軍が主力空母を失い、八月のガダルカナル島上陸から米軍の猛烈な反攻が始まった時期である。

だが、翌一八年五月まで七カ月も滞在したというのに、芙美子の南方行きを知る資料は乏しく、全集にも入っておらず、足跡を辿るにあたっての〝空白部分〟と言ってよかった。

それが、二〇〇八年に望月雅彦編著『林芙美子とボルネオ島——南方従軍と「浮雲」をめぐって』（ヤシの実ブックス）が出てから、一気に研究が進んだ観がある。

同書に収録された陸軍省報道部の「新聞、雑誌記者、女流作家南方派遣指導要領」には、新聞記者一七人、女流作家九人、雑誌編集者一〇人の名がリストアップされている。同書によると、派遣の辞退もできたため、実際に南方に行った女流作家は林芙美子、窪川（佐多）稲子、水木洋子、美川きよ、小山いと子、川上喜久子、阿部艶子の七人である。

彼女たちの身分は軍の嘱託で、往復交通と軍施設での宿営・給養（食事）以外は、新聞社や同盟通信社の負担となる。芙美子には朝日新聞社がスポンサーとなった。

各社に南方占領地域が割り振られ、朝日新聞社はジャワ（陸軍）と南ボルネオ（海軍）を受け持った。

これに対し、男性作家は、国民徴用令（昭和一四〔一九三九〕年公布）による徴用である。櫻本富雄『文化人たちの大東亜戦争　ＰＫ部隊が行く』（青木書店）によると、第一次徴用文芸家は二九人とみられる。

そのうち、林芙美子と交流のあった井伏鱒二の例を全集年譜で見る。

昭和一六年一一月一五日、陸軍徴用令書が来る。四三歳である。同一七日、本郷区役所で身体検査を受ける。同二一日、大阪の中部軍司令部に出頭を命ぜられ、午後九時、特急で東京駅を発つ。翌日、大阪城内に集合し、部隊編成の結果、陸軍報道班員のうちマレー派遣組に組み込まれる。

一二月二日、天保山港より輸送船「アフリカ丸」で出港。同八日、香港沖を航行中、太平洋戦争勃発の報を知る。同二七日、タイに上陸。翌日、トラックに分乗してマレー半島を南下、シンガポールを目指す。

昭和一七年二月一五日、シンガポールが陥落し、翌日、同市内に入る。同一九日、軍が接収した新聞社の施設を利用し、英字新聞「昭南タイムス」を発行する責任者に命ぜられる（昭南とはシンガポールのこと）。

はじめはずいぶん慌ただしいが、四月下旬頃に昭南タイムス社を辞職し、一一月二二日の徴用解除（部隊編成からちょうど一年）までは、昭南日本学園で働いたり、東京日日新聞に小説「花の街」を連載したりと、それほど忙しそうではない。

ダラットは南方軍の終焉を象徴する場所

さて、林芙美子に戻る。

おそらく昭和一七年九月初旬には陸軍省報道部から打診があり、芙美子は承諾した。のちに雑誌『改造』に書いた「スマトラ　西風の島」（昭18・6、7）によると、「今度の私の南方への旅は千載の一遇とも言うべきで、私は自分の生涯を此光栄ある旅に果てるとも悔いなしの気持が独りで歩いた」と、ずいぶん気負っていたことが分かる。

一行一八人は一七年一〇月三一日、病院船で広島県宇品港を出港した。芙美子は冗談ばかり言って、人を笑わせていたという。

船は一一月一六日、シンガポールに到着するが、途中、ベトナムに寄って、芙美子が「浮雲」で描いたダラットへ行ったかどうかが問題になる。

作品を作者と切り離して論じる文芸批評のあり方なら問題にならないが、両者の関連を追及する研究者には大問題なのだ。

望月雅彦は、芙美子は仏印には行かなかったと結論づけているが、「ダラットの描写は来た者でなければ書けない」という研究者もいる。

確かに、高原の街ダラットへトラックで登っていく道中や、到着したときのランビァン山と街の姿など、ごく自然な描写は、「これは行ったに違いない」と思わせる。

しかし、何度も繰り返し読んでみると、意外と現地に実際行かなければ得られないような情報は含まれていないことが分かる。芙美子ほどの筆力をもってすれば、人の話や資料、類推でもって臨場感たっぷりに描ける範囲内だ。

そんな詮索よりも、ダラットという場所が何を象徴しているのか、どうして芙美子が小説の舞台に選んだのかが重要だ。

ダラットは気候の良い高原の避暑地で、敗戦時には南方軍総司令官の寺内寿一元帥がサイゴンの総司令部を離れ、中風に侵された七〇歳の体を癒やしていた(『大東亜戦史4蘭印編』富士書苑)。

寺内元帥は開戦以来、一貫して南方軍総司令官を務めた。戦局に応じてサイゴン—シンガポール—マニラ—再びサイゴンと移動し、一度も日本へは帰らなかった。そして、ダラットへ。「それは歩一歩と蚕蝕されて行く日本の運命の姿そのままの病床生活だった」(前掲書)。ダラットは南方軍司令部が最後にあった象徴的な場所だから、芙美子は小説の舞台に選んだのだ。

日本はフランスとの合意で昭和一五年九月に北部仏印に駐兵したことは前述したが、一六年七月には共同防衛を合意し、南部仏印にも進駐した。地図を見れば一目瞭然だが、ベトナムは日本とシンガポールの中継に絶好な地点である。むしろ、どこにも立ち寄らずに直航するほうがあり得ない。

行きは憲兵から「病院船に便乗したことは絶対に口外するな」と厳しく注意され、誰も記録を残していないが、帰りの船はサイゴンに寄ったと雑誌編集者が書き残している（芙美子の帰路は飛行機）。高原の町ダラットまで行くのは無理だったとしても、サイゴンに寄港した可能性は高い。そこで仏印の雰囲気をつかめば、芙美子の筆力なら十分だろう。

親日はいいが指導も必要

昭和一七年一一月一九日付の朝日新聞【昭南特電十八日発】は「ただ頭が下がる／林、美川両女史ら昭南島へ」の見出しで、一行が一六日に無事上陸したことと、「一行中林芙美子さんと美川きよさんが、十八日午後ジョホール水道の敵前渡河点および昭南島のブキテマの激戦地、フォード会社の両司令官会見の場所などを詳細に視察した」とし、芙美子の談話「昭南に着き激戦地を見るにつけ兵隊さんはえらい所を取った。大変な苦労だったろうと強く胸を打たれた。戦死された兵隊さんに黙祷をささげるばかりです。私は戦死された兵隊さんのことを主として書きたいと思う。女の眼で見た南の戦いというものを書きたいと思うのです」を載せている。

美川きよの著作によると、「朝日新聞社のシンガポール支局の貴賓室で、林芙美子と一週間余り過ごした後、林芙美子はボルネオへ、私はジャワへ渡った」という。美川も朝日新聞お抱えだったことが分かる。

このとき井伏鱒二は帰国直前でまだシンガポールにいたが、二人が会った形跡はない。会っていれば、このころ徴用画家としてマレー方面に来ていた藤田嗣治の動静も話題になっただろう。藤田は「シンガポール最後の日」を描いている。

しかし、芙美子はすぐにボルネオに向かったのではなく、一一月二三日にシンガポールを発つと、マレー半島視察の旅に出る。ペナン島に寄り、タイ国境近くまで行っている。いったんシンガポールに戻って、ジャワ島のバタビア（ジャカルタ）に渡る。望月雅彦は「昭南〜ジャカルタ間の移動手段は今のところ特定できていない」というが、ここでは金子光晴の「マレー蘭印紀行」（昭和一五年一〇月）が参考になる。

金子は、シンガポール港から和蘭《オランダ》汽船ＫＰＭ社のＭＩＪＲ号という小汽船に乗り、スマトラを過ぎ、丸三日でバタビア市の新港タンジョン・プリオクに着いている。

ともあれ、芙美子は一二月一一日、ジャカルタに到着し、美川きよと合流した。一泊後、一緒にスラバヤへ朝日新聞社機で飛び、兵站《へいたん》の指定旅館に三泊してから別れた。井伏鱒二が昭南タイムスを始めたように、当時各地に「ジャワ新聞」や「ボルネオ新聞」といった地元紙があって、望月雅彦が丹念に発掘したおかげで、よく動静が分かるのだ。

ジャワ新聞の昭和一八年元日付に、芙美子と美川きよの対談が載っている。

従来、物資に恵まれ過ぎた一面か、炎暑と悪疫の一面かを誤り伝えられてきたジャワだが、「日本の指導の下に新しい東亜の一翼として起き上がりつつある」正しい姿を故国に伝えようと来島した両女史に印象を聞く、という趣旨だ。以下に、特に重要な部分だけをピックアップしてみる（です・ます調は変えた）。

林「街の店々に日本の名前をつけたのを見受けるが、これからはもう横文字の名などはいらぬのではないか。しかしインドネシア人に親しみのあるマライ語を活かしていくのは結構だ。この意味でバタビアを日本名とせずにジャカルタとしたのは大変よいことだった」

美川「ジャカルタで千早塾（日本語を用いて教育する学校）を参観したが、仮名文字はもちろん、相当難しい漢字も小さな子供達が読めるのには驚いた。旧蘭印政府はインドネシア人の教育はどちらかといえば、あまり読めない方針で学校もごく少数しか作っていなかったというが、よいこととは思えない。インドネシア人が日本人に親しむのは非常なもので、千早塾で子供の写真を撮ろうとすると、百人くらいも集まってくるし、帰ろうと車に乗ってからも『先生、先生』とまとわりついてくる」

林「親しんでいるのは結構だが、同時に甘やかしてはいけないと思う。現在世界中が戦争なのだから物のないことは当たり前だとよく知らせ、物がなければ創り出す積極性を植えつけなければならない。大体インドネシア人は働き者とは思えない。環境がいいため生活が楽で、そのため積極性がなくなっているのだろう。日本の人々は雇い人に人種的な差別をつけず親切に取り扱っているが、どうも働き方に満足できないところが見られる」

美川「ジャカルタでオランダ人の家庭を二、三見て、家の中はきれいにして豊かそうだが、婦人たちは人種的の誇りとでもいったものを鼻の先にぶら下げているようで、あまり感じはよくなかった。男の捕虜たちの部屋も見たが、奥さんの写真は飾っていても子供は一つもなかった。日本との国民性の相違をはっきり見せられた」

林「こちらに来ている日本の人々は生活の潤いが欠けている。戦時下ではあるが、やはり文化的施設が必要ではないか」
美川「乗ってきた船に畳が百枚積んであると聞いたが、せめて半分でも書籍が載せてあったらどんなに喜ばれるか」
林「ジャワのように大きな戦闘もなく破壊されなかったところを新たにやり直していくことは、全く破壊されたところをやり直すより一層苦労が多いだろう。新しく来る人は十分覚悟しなければならない」

若い日本女性に最大の敬意

芙美子は一七年一二月一五日、スラバヤから再び朝日新聞社機に乗り、南ボルネオの中心地バンジェルマシンに降り立った。朝日新聞社が発行する「ボルネオ新聞」の支援が目的だったという。

開戦一周年の八日に創刊したばかりで、社員は数人。外勤と内勤を兼ねた記者が一人。なんと、「林は多忙を見かねて校正を手伝い、わずかのジンに陶然として安来節を歌ったりした」(「朝日新聞社史　大正・昭和戦前編」)という。ただ、芙美子は新年の所感や詩を書いてはいるものの、特筆すべきものはないので、ここでは割愛する。

それより、「週刊婦人朝日」(昭18・2・3)に載った「ボルネオの花束――林芙美子女史を囲んで現地日本婦人の座談会・バンジェルマシンにて」が面白いので取り上げたい(芙美子以外の登場人物はイニシャルにした)。

一二月末、ボルネオ民政部などでタイピストや事務員をしている若い女性九人が集まった。全員が同じ船で七月一三日バンジェルマシンに着いたという。

林「皆さん若い身で南へ行こうと志願なさる時、お父さんやお母さんが反対なさらなかったですか」

H「遠い所へ娘を一人でやるのだから少しは不安には思ったでしょう、別に反対はされませんでした。こんな大きな戦争をしている時ですから、どこでもよく理解されたのでしょう」

林「こういう遠い所へやって来られた皆さんをとても偉いと思う。皆さんの存在が、兵隊さんをはじめ日本人の方々に、どんな大きな心の慰めとなり鼓舞となっているか計り知れないと思う。インドネシアを初めて見た時どんな風に感じましたか」

H「なんだか薄気味悪く思いましたが、深く接触するうちにこんな善い人間はない、本当に素直な民族だと思うようになりました」

Ｋ「長い間オランダの圧政に呻吟したので、なんだか年中眠っているような頼りなさを感じますわ」

林「マライ、ジャワを旅して、景色はマライが良かった。バンジェルマシンは静かだけど旅行者には淋しい。でも奥に入れば入るほど現地人の人柄が素朴でいい。皆さん現地の兵隊さんを見てどう思いましたか」

Ｎ「内地を発って海を渡ってくるとき、私たちの船は軍艦に護衛してもらいましたが、兵隊さんの勇ましい姿を見てとても頼もしく有り難く思いました」

Ｋ「朝から夜中まで立哨している兵隊さんの前を通る時いつも有り難いと思う」

Ｉ「この間、街の広場で兵隊さんと一緒になって運動会をしたのは面白かった」

Ｎ「あの日の兵隊さんの市内行進は勇ましくきれいだった。私たち戦死された兵隊さんの墓標をお掃除して花をあげました」

Ｎ「現地人の子供は日本の歌や踊りがうまいわね。日本の子供と間違えるほどだわ」

林「街を流れるマルタ・プーラの川をいっぱいに埋めているタンバガン（小船）に乗るの大好きですが、河岸で子供たちが『サイナラ』『コンニチハ』などと言ったり『見よ東海の空あけて』を歌いながら私の船を追って走って来る時には、涙が出るようにいつも胸を打たれるわ」

石油をめぐる戦争

一八年一月六日、芙美子はバンジェルマシンを出発し、東ジャワのスラバヤに到着した。一六日付ジャワ新聞に早速、「林女史、サマサマ生活へ／カンポンで〝美しき放浪記〟執筆」と報じられた。「サマサマ」とは「同じ」、「カンポン」とは「村落、部落」という意味だそうだ。

ジャワ・トラワス村の村長一家と

芙美子はトラワス村の村長宅に一二〜一八日の一週間、滞在した。望月前掲書によると、トラワス村とは「富士山のようなペナングアン山、付近には棚田が広がり、花々は咲き乱れ、野生の動物がひょっこり現れる」日本の原風景のような村だという。

スラバヤに戻ったあと、バリ島を三泊四

日で訪ね、さらにスラバヤから汽車でジャカルタへ一月三〇日に着いた。

ところで、望月雅彦が芙美子のメモや手帳等をもとに作成した「行程表」を見ると、一つ変な動きがある。

二月六日にジャカルタから昭南（シンガポール）に飛んで、そのあと再び西ジャワに戻っているのだ。これは軍か朝日新聞社に呼び出されたものと思われる。というのも、これを境に、急に兵站の宿泊・給養を利用するようになっているからだ。それまで三カ月、あまりに自由気ままに取材しているので、軍がもっと統制に従うよう注意したか、新聞社が経費を心配したか、であろう。

芙美子は戻って西ジャワを見て回り、ジョクジャカルタ（中部ジャワ）にも足を延ばしているので、ジャワ島はほぼすべて踏破している。

三月三日、ジャカルタから南スマトラのパレンバンに到着する。

前述した「スマトラ　西風の島」で見てみよう。

「昭和十七年の二月十四日にパレンバンの上空に空の神兵である日本の落下傘部隊が降りてからのパレンバンは、日本の人々はスマトラのパレンバンの地名を永久に忘れる事は出来ない。三百年の長い夢をむさぼっていたオランダ人の頭上に、日本の落下傘部隊が降りて行った時の、その日の感激を想うと、パレンバンの赤土の飛行場に降りた私は、青い晴れあがった空を暫く見上げていた」

パレンバンへの落下傘部隊降下は当時有名な戦争美談で、高木東六作曲の軍歌「空の神兵」が流行し、詩人の伊東静雄も感動を詩にしている。

太平洋戦争は、一方で石油戦争でもあった。パレンバンはインドネシア最大の石油基地として繁栄していた。

「黄昏ごろ船に乗ってムシ河の埠頭から河下へ下ってゆくと、両岸に対して戦前のシェルとスタンダードの石油工場が見える。灰色の大きい建物は四囲を圧しるばかりだ。落下傘部隊の兵士の方々にまた感謝の想いがうつってゆく。勇敢な兵士の方々よ！　今日のこの光栄ある石油工場の煙を内地の人々に見せたいと思う」

芙美子が出会う日本の兵士たちも、戦闘員の兵士たちではなく「採油隊」の兵士ばかりである。

短編小説「ボルネオ　ダイヤ」でも、主人公（慰安婦らしい）の同僚が好きになった兵隊は「奥地の油田作業場で怪我をして死んだ」とある。

大東亜共栄圏の思想に共鳴

芙美子は、南方の風物をのんびりと描いている。

東の方では激烈な戦いが進行中のはずだが、朝日新聞社機を自在に利用しているのを見ても、まだ制空権はある。劣勢の足音は聞こえていただろうが、インドネシア辺りでは、まだまだ平和な日常があったのだろう。

「住宅にしても、服装にしても、如何にも日本に似通うているところが多くて、その点では、隣りの支那大陸とくらべてみて、むしろ、南洋の諸国の方が、日本に向っては多くの通じるものがあるように考えられるのである」

「私はインドネシア人が好きだ」と言い、「南の旅を続けていて何時も心に去来するものは、此悠大な東洋諸国の新しい恢復期は、何と云っても、日本の国が先に立って、一つの境地を創り出さなければならないと云うことで、東洋の豊麗な伝統を創る国は、これからは日本をおいては他にありえないし、恢復期の清新な風をおくるのも日本のこれからの大事業だと思われる」と、明らかに「大東亜共栄圏」の思想に共鳴している。

国際都市パリを体験している芙美子だが、南方での見聞は、まるでそれ以上であるかのようだ。

「南方の土地々々はあらゆる人種の混合地とも云える。支那人あり、白人あり、爪哇《ジャワ》人、印度人、アラブ人まだこの他に数かぎりもなく人種が混りあい、血統の美しさと云うものは考えられない。人種と宗教の力と云うものも南方へ来て識る事が出来た。回教とヒンズーの布教された跡が水路のように南の住民生活のなかに深く食いこんでいる。バリー島で見聞したヒンズー教の遺跡は、宗教が血統のような力を持っている事を知った」

芙美子は三月五日、パレンバンからスマトラ島を北上する。軍の宿泊・給養を受けているので、移動手段は軍のトラック等かもしれない。

北スマトラのメダンでは、佐多稲子と出会っている。

佐多はのちに「ジャワからスマトラ南部を廻ってきた芙美子は、メダンに着くと、私の泊めてもらっていた毎日新聞社に同宿した。そして彼女は短い滞在中に、おいしい汁粉を作ったりした」と書いており、スマトラ縦断については芙美子が朝日新聞社の庇護から離れていたことを裏付ける。

東條首相をマニラに迎える

このころ、日本が困難な戦争を戦いながら、大東亜政策としてアジア各国にどういう支援・助力をしたか、驚くべきものがある。

中国に対しては、昭和一七年一二月、対支新政策を立て、自ら特権を放棄していった。一八年一月、一切の租界の還付、および治外法権を撤廃。二月、敵国財産を南京政府に移管。一〇月には日華同盟条約を締結し、昭和一五年の日華基本条約で認めていた一切の駐兵権を放棄し、日支事変終了後の全面撤兵を約束した。一八年一一月の大東亜会議で、中国代表の汪兆銘は感謝の言葉を述べている。

一八年八月一日、ビルマの独立を認め、対等の条約を結んだ。

一八年八月二〇日、タイがかつてイギリスに奪われた六州をタイ領土に編入する条約を結んだ。これも大東亜会議で、タイの殿下から感謝を述べられている。

一八年一〇月一四日、フィリピンの独立と憲法の制定を認め、対等の同盟条約を結んだ。

一八年一〇月二一日、自由インド仮政府を承認し、全面的に支援した。大東亜会議では日本が占領中のアンダマン、ニコバル両諸島を同政府に帰属させる用意があると声明した。

インドネシアについては、次の小磯内閣で独立を声明した。

以上のことから、日本に領土的野心がなかったのは明らかである。

東條英機首相は大東亜会議開催（一一月）に先立って、昭和一八年三月に満州国と中華民国国民政府、五月にフィリピン、六～七月にかけてタイ、シンガポール、インドネシアなど、友好国や占領地を歴訪した。

それを知った芙美子は五月五日、シンガポールからマニラに飛んだ。

兵站旅館に二泊した七日、東條首相をルネタ広場に迎えるのである。そして、同日付の朝日新聞に「祖国の首相を迎ふ　マニラにて林芙美子」という詩を発表した。

けふこの日の緑なすルネタ広場の朝は水晶宮の虹のごとき風吹きわたり
杳かなるサマット、マリベレスの山々に谺する民族の声々
眉宇に迫るマニラ湾の渺茫たる景色の中に去年のこの日りう〻たる
コレヒドールの奮闘を思ひおこす人ありや
一年の歳月よ思ひ出のこの日に祖国の首相を迎へ只管《ひたすら》にわれら心ときめく人々の双手
は、日の丸の旗を持つて
声々に呼びどよめく波　万歳万歳　マブハイ、マブハイ
バルガス長官はまず起ちて　わが祖国の首相を偉大な賓客といふなり
首相答へて燃ゆるがごとき愛国の誠をのべたまふ

広場をゆく堂々の行進のうちに
涙してこの大いなる歴史にひれ伏す　祖国の神々よ護らせたまへ
尊き晨朝を百年かけて戦ふといふ　わが祖国の歴史を護らせたまへ

芙美子はこのあと、飛行機でマニラ〜台湾〜上海〜羽田のコースを取り、五月九日に帰国したというのが、望月雅彦の行程表だ。しかし、水木洋子宛て七月の林芙美子のはがきに「私は五月の末にマニラ経由で朝日の飛行機でかへりました」とあるのだという。望月は「気にかかるところであるが、やはり一次資料によるべき」としている。だが、本人が書いたはがきも一次資料そのものである。もちろんメモ類は大事だが、予定を書いたのか、結果を書いたのかが分からない。

もし「五月九日帰国」ではなく、「五月の末帰国」だとしたら、その間の二〇日間は何をしていたのか。行くとしたら仏印しか考えられない。芙美子の性格からして、仏印はサイゴンに寄港しただけで心残りだったに違いない。二〇日間あれば、十分ダラットまで回る時間はある。『浮雲』での仏印の細かい描写の説明もつくことになる。

実は、南方の前線を視察中の山本五十六・連合艦隊司令長官が四月一八日、ブーゲンビル島上空で搭乗機を米軍機に撃墜されて戦死していたのだが、箝口令が敷かれたため、芙美子はその事実を知らなかった。遺骨が東京に到着した五月二一日に戦死の事実が公表され、六月五日、国葬が行われた。

同時期に南方にいた芙美子の衝撃は、大きかったと思われる。そうとも知らず、自分はのんきにスマトラ島を旅していたのか、という自責の念。「改造」一八年七月号「スマトラ（西風の島・続）」の末尾、「（未完）」の文字が虚しい。

同号の巻頭言「総蹶起を期せよ」によると、山本司令長官の戦死は「熱鉄の身骨を貫く」思いであり、アッツ島守備隊の玉砕は、国民に「眦《まなじり》を挙げて痛憤の心を誓い合わ」せた。開戦の日以来の、深い感銘だったという。

アッツ島は米アラスカのアリューシャン列島にある。前年、日本軍がミッドウェー作戦の陽動として攻略していた。五月一二日、米軍が上陸を開始し、日本軍の守備隊は激しい戦闘の末に二九日玉砕した。このとき初めて、国民に日本軍の敗北が発表されたといわれる。確かに、山田風太郎『戦中派虫けら日記』（ちくま文庫）を見ると、翌三〇日にはもうアッツ守備隊全滅の事実を知っている。

第一二章　アッツ島「玉砕」で突然の沈黙

似合わない空襲からの逃避

芙美子にとって、負けてはいけない戦争だった。

全集年譜を見ると分かるように、芙美子は一八年九月、東ジャワ・トラワス村での生活体験を描いた「南の田園」（婦人公論）を最後に、ぱったりと執筆活動をやめる。そこから二〇年いっぱいまで、二年数カ月という異様な長さの空白であり、沈黙だ。

戦況の悪化に伴って、書きたくても書く媒体がなくなったのだろうか。

改造社と中央公論社が、内閣情報局から「自発的廃業」をするよう通告されたのは、翌一九年七月だから、芙美子の沈黙は早すぎる。また、芙美子と関係の深い朝日新聞や毎日

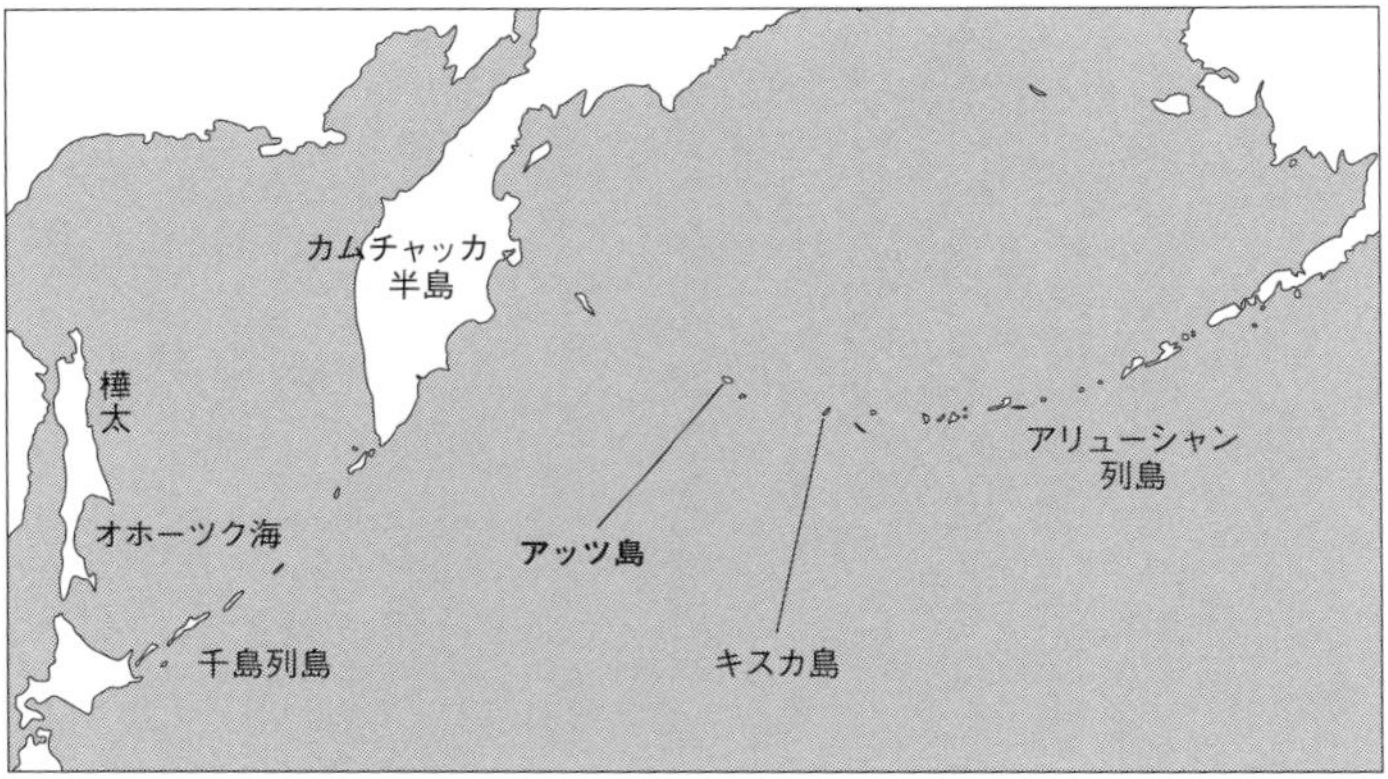

新聞をはじめとする新聞の発行は戦争の最後まで続いており、やはり断筆は不自然なのだ。

一八年一一月五～六日には、東條英機首相悲願の大東亜会議が東京で開催された。

中華民国国民政府、満州国、フィリピン、ビルマ、タイの首脳と、自由インド代表が参加し、大東亜共同宣言が採択された。数カ月前、マニラで熱狂的に東條首相を迎えた芙美子には、書きたいこと、書けることはあったはずだ。

芙美子は一二月に産院から生後間もない男児をもらい受けた。付き合いの深い川端康成が同年三月に養女をもらったことに刺激されたのかもしれない。年末に四〇歳になるという区切りもあったかもしれない。子供は、泰《たい》と名付けた。

一九年三月、夫の緑敏と泰を自分の籍に入れる。四月、母キクと泰を連れて夫の郷里に近い長野県下高井郡上林《かんばやし》温泉に疎開、八月にいったん帰京して、今度は同郡角間《かくま》温泉に疎開する。疎開中は農耕、読書、童話を書いて村の子供たちに聞かせたりしたという。

だいたい、芙美子と「疎開」が似合わない。空襲も最後まで見てやろうというのが芙美子だ。友人の村岡花子が大森に踏みとどまったように。こだわり抜いて建てた新居を守ろうという意識がないはずがない。

しかも、東京上空にB29が現れるのは一九年一一月からで、芙美子の決断はちょっと早すぎる。

昭和八年の秋に、芙美子が住んでいた下落合の洋館の隣に作家の大泉黒石が越してきて、その四女渕《えん》（五歳）は、芙美子に死ぬまで大変な愛情を注がれるが、池田康子とのロングインタビューで、その頃のことをこう語っている（『フミコと芙美子』平成一五年、市井社）。

「私に角間に来るようにと何度もおばさまがおじさまを使いによこしてくれたけれど私は、自分が一個でも多く電池を造らねば日本が負けると思っていたから、大好きなおばさまがどんなに言っても動きませんでした」〔注1〕

〔注1〕大泉渕は昭和一九（一九四四）年一二月の明治神宮外苑での学徒出陣式について、池田に貴重な証言をしているので紹介したい。「あの日あのスタンド一杯の見送りの学生の中に私もいたのよ。冷たい雨が降りしきって皆ズブ濡れ。出陣学徒が鉄砲かついで歩調とってゲートから出て来た、その時よ、ゲートの近くのスタンドにいた女子学生が競技場に飛び下りて雪崩を打って駆け寄ったの。『ワーッ』って！（二人共に涙）ねえ、皆青春の友よ。学徒の中に恋人もいたでしょう、兄もいたでしょう！　そのスタンドの見送りの中に私はいたの。その時の感動がずーっと私の胸をこがしていたの。全く純真な軍国乙女だった」。なお、翌年三月一〇日の東京大空襲で、渕の家も、行っていた工場も学校も全焼している。

実は、芙美子は自分でも「この激しい戦争から逃避して山の中にいる自分と云うものが吐き気のするほど厭であった」（「夢一夜」昭22・6）と告白している。

そのためか、北信州に疎開している主人公の菊子に、死者一〇万人以上を出した二〇年三月一〇日の東京大空襲（下町空襲）を、わざわざ体験させている。

菊子は三月八日、夫が残る東京の自宅の様子を見に出発する。夜汽車で、夜明けに東京に着く。その夜、つまり九日夜、Ｂ29の大編隊が飛来し、一〇日に日付が変わる頃、爆撃を開始した。

「赤や青の光の海と化した夜空に、守宮《やもり》の銀色の腹をみせたＢ29の火の舞い、肚をゆすぶる地鳴りの底に、稲妻の閃光がせまい壕の入口をぱあっと明るく照す」

夫の勇作に「一寸出て見ろ、火の海だ」と呼ばれて壕を出ると、「都会の夜は、下町と山の手を炎で真二つに裁断した。その炎のなかから、巨きな怖ろしい顔がのぞいているような気がして来る」。

菊子は翌日、下町に行ってみる。

一面の瓦礫《がれき》。「煙突がこんなに街には必要だったのかと思える程、荒野に林立している」。焼けた芋が山になって、自由に食べて下さいという木札がある。「誰も彼も、一様にぺっぺっと口にしたものを地べたに吐いた。死人臭くて食えないのだ」

さらに、「トラックに山のように積まれた、はにわのような死体」「浅草すべてがかき消えてしまっていた」と続けるが、どの表現も上っつらで、臨場感がない。芙美子の実体験ではなく、話や資料で書いたからだろう。

このことは、当時二三歳の医学生だった山田風太郎の『戦中派不戦日記』（角川文庫）と比較すれば、よく分かる。迫力が違う。

「十日（土）晴　午前零時ごろより三時ごろにかけ、B29約百五十機、夜間爆撃。東方の空血の如く燃え、凄惨言語に絶す。／爆撃は下町なるに、目黒にて新聞の読めるほどなり」

風太郎は朝、目黒を出て新宿の医学校に行き、午後から友人と本郷へ歩く。牛込山伏町あたりに来ると鬼気が感じられ始め、時々、罹災民の群れに会う。飯田橋まで来ると物の焦げる匂いが漂う。罹災民は皆、手拭いを顔に当てている。

「どうしたんだろう」「泣いているんだろう」

しかし、老人三人がそろって目だけに布を巻かれているのを見て気づく。

「あれは煙にやられたんだ！」

「自分たちは、火事に煙がどんなに恐ろしいものであるかを、まだ体験しないのであった。煙ばかりではない。その熱ささえも実感がないのである。自分たちはこの夜、地平線に燃える熔鉱炉のような炎を見た。しかし、ただ真っ赤な、めらめらと空をなめる光景を見たばかりで、その恐るべき熱気と黒煙は、直接の感覚として受けなかったのである。眼が蛇のように充血して、瞼が赤くむくんで、涙ばかり流れていても――まだ開いているのは運のいい方だそうであった。多くの人は眼が完全につぶれてしまった。さらに多くの人は窒息して死んだ」

これ以上は省略するが、この日記は日本人必読だ。

藤田の絵に膝をついて祈り拝む人々

芙美子は信州の山の中に引っ込んで、「二年近くも机に向わない」「足掛け二年の月日を無為に過している」（「夢一夜」）。

戦後一番に発表した「吹雪」（昭21・1）を読むと、芙美子はこの頃かなり厭戦的になっていたようだ。

「戦争はながくつゞいた。こんな谷間のなかの小さな村のなかでも、もう、みんな、このながい戦争には飽き飽きしてゐた。これからまだ百年もこの戦争はつゞくのだときいて誰の胸のなかにもうつたうしい哀しい思ひがたれこめてゐた」

あの勇ましい従軍記者はどこへ行ったのだろう。

芙美子が筆を折ったのは一八年九月だ。

同月、陸軍美術協会主催の国民総力決戦美術展があった。旧知の藤田嗣治が大作を出品するというので、芙美子はもちろん足を運んだだろう。

「アッツ島玉砕」

縦二メートル、横二メートル半ほどの暗い画面いっぱいに、死闘を繰り広げ、あるいは既に絶命した兵士たちが重なり合っている地獄絵図だ。

藤田嗣治「アッツ島玉砕」（昭和 18 年、油彩・キャンバス、193.5×259.5cm）
東京国立近代美術館（無期限貸与作品）Photo: MOMAT/DNPartcom

芙美子は息を呑んだに違いない。

つい数カ月前の五月、北太平洋のアッツ島で、日本軍の守備隊が米軍との戦闘で全滅した。玉砕は賞揚され、指揮した大佐は軍神と崇められていた。

しかし、藤田の絵は何の賛美もなく、ただ戦争の凄惨な実相を見せつけている。こんなものをよくぞ陸軍に提出したものだと芙美子は舌を巻いただろう。

藤田はもちろん現場に行っていないし、玉砕の場面など見ていない。想像だけでこれだけのものを描くとは。大東亜をすみずみまでくまなく経巡《へめぐ》っても、満足のいく作品を書けない自分と、なんとレベルの違うことか。

これが戦争だ。

国に命を捧げるとはこういうことなのだ。だから軍も展示を許したのか。

初めて「玉砕」という言葉を聞いたときには不可思議に思ったが、今それが形になって眼前に迫ってくる。はっきりと突きつけられた。

漢口攻略戦で「一兵も損ずるな」という命令を聞いたのを思い出す。

あのとき、感動のあまり嗚咽した。兵隊たちは困苦欠乏によく耐えていて、芙美子は戦争の崇高な美しさに打たれた。

それから五年。戦争の姿はこんなに変容してしまった。

近藤史人『藤田嗣治「異邦人」の生涯』（講談社文庫）に、藤田自身の手記が引用されている。青森での記録画巡回展のときのエピソードだ。

現代のわれわれも藤田の戦争画の迫真力に圧倒されるが〔注2〕、同時代に生きる人たちには大変なショックだったのだ。

〔注2〕『芸術新潮』平成三〇年五月号で、藤田嗣治「アッツ島玉砕」は、美術史全体での「最強の日本絵画100」に選ばれている。

「アッツ玉砕の前に膝をついて祈り拝んで居る老男女の姿を見て生れて初めて自分の画がこれほど迄に感銘を与え、拝まれたと言う事は未だかつてない異例に驚き、しかも老人たちは御賽銭を画前になげてその画中の人に供養を捧げて瞑目して居た有様を見て一人唖然として打たれた」〔注3〕

藤田自身、この絵だけは数多く描いた戦争画の中で、最も会心の作だったとしている。

〈負けた……〉

芙美子は打ちのめされ、沈黙したのだと筆者は考える。

〔注3〕山田風太郎も九月二日、決戦美術展を見に行って、同じように絵に打たれる人々の様子を書いている。「見物は、やはり藤田嗣治の『アッツ玉砕』で、ほかにもこれと同じ画題の絵があるが、みな緊迫感が足りないか、もしくはリキミすぎて、この藤田作品の薄暗い凄壮感には及ばない。晴れた日なのに、天窓からさしこむ日の光も白じろと煙って、汗ばむむし暑さの中に人々は一脈の冷気を背におぼえ、みな帽子をとってこの絵を眺めている」(『戦中派虫けら日記』)。

日中戦争当初から「戦争は絶対に勝たねばならない」と繰り返し言っていた芙美子にとって、日本の現状は思いがけない劣勢になってしまい、失望したというのも大きいだろう。

芙美子の死の間際、昭和二六年四月に完結した「浮雲」では、登場人物の男同士が戦中、日本が戦争に勝つかどうかという話題で、「結局、最悪の場合は、玉砕だ。死にゃアいいでしょう、死にゃア……」「無責任だね」という会話がある。

漢口攻略戦で出会った以外にも、藤田と芙美子との〝因縁〟はいくつかある。

芙美子はパリ滞在五カ月目にダゲール二二番地に引っ越して、「大変いい部屋」と気に入っているが、今川英子の調査によると、ここには藤田嗣治も住んだという。また、芙美子はのちに、藤田とパリで親しかった画家スーチンの「狂女」という絵を購入し、大事にしていた（現在は遺族の寄贈で国立西洋美術館が所蔵）。

そして、何より、藤田と芙美子の最大の共通点は、「戦争責任」を負うべき文化人の代表とされたことである。

近藤史人『藤田嗣治「異邦人」の生涯』によると、終戦直後、ＧＨＱは早速、日本の戦争画の収集を始めた。アメリカで展覧会をしたいとのことだったので、藤田も喜んで協力した。つまり、「一九四五年の時点では、藤田は戦争画を描いたことを恥であるとも、アメリカから責任を追及されるべきことであるとも、思っていなかった」のである。事実、ＧＨＱに戦争責任追及の意図はなかった、と近藤は見る。

むしろ、日本の側が疑心暗鬼になって、戦争責任をめぐる論議が本格的になっていった。昭和二一年三月の朝日新聞には「文化人の『蛮勇』期待　粛正、自らの手で」という見出しで、ジャーナリスト、文筆家、芸術家などの自主的追放の断行が注目されるという記事が載った。同年八月、GHQ関係者を対象にした戦争画の展覧会が開かれ、それを境に、戦争画の担当はCIE（民間情報教育局）＝137ページ参照＝に移った。

翌二二年二月、GHQが公表した戦争犯罪者のリストに、画家の名は一人もなかった。だが、藤田は二四年三月、羽田空港を発ち、日本には二度と戻らなかった。藤田の出発を知った日本の画壇は、戦争責任を追及されることをおそれて逃亡したと噂したという。

藤田は晩年まで憤懣をぶつけた。『藤田嗣治「異邦人」の生涯』からの孫引きになるが、「この恐ろしい危機に接して、わが国のため、祖国のため子孫のために戦わぬ者があったろうか。命を捨てて、一兵卒と同じ気概で外の形で戦うべきでなかったのか。平和になってから自分の仕事をすればいい。戦争になったこの際は自己の職業をよりよく戦争のために努力して然るべきものだと思った。何んとでも口は重宝で理屈をつけるが、真の愛情も真の熱情も無い者に何ができるものか」と書いている（「夏堀用手記」）。

まさに、林芙美子が書いてもおかしくない文章だ。芙美子も、井上ひさしの例に見たように、いろいろな人から「戦争協力作家」との烙印を押された。それが仇《あだ》となって、一九八〇年代後半にはもう、新潮文庫の『放浪記』しか店頭になかった。その後、次第に文庫の点数も増えていったが、あやうく「忘れられた作家」となるところだったのだ。

第一三章　苦労したのは慰安婦ではなく一般女性

未亡人の問題が何より急がれる

昭和二〇年八月一五日、敗戦。

「松葉牡丹」（昭25・2）に、終戦の日の描写がある。六七歳の志村という男の老残をテーマとした作品である。

志村も芙美子と同じく長野県に疎開しているから、実体験と重なり合っているのだろう。文中のダダノフというのは、近くに住んでいるロシア人である。

「丁度ダダノフと二人で柏原まで野菜を買いに行っていた時だった。行きつけの百姓家のラジオで終戦を知らされて、志村は暗い表情で四囲を眺めた。乾いた庭に、かあっと松葉牡丹が咲きほこっている。ダダノフは頬を赧くして、ラジオを聴いていたが、志村はおかしな事に、あれほど自分をエトランゼーだと思いこんでいながら、わけもなく瞼が熱くなり、涙が溢れるのが不思議だった。ハンカチで涙を拭きながら、志村はかっと陽に照らされた足もとの松葉牡丹を眺めていた。／松葉牡丹の熱くるしい赤や紫や黄色い花びらが溶けるようにぼうっと眼ににじんで来た。一向に解釈のつけようのない涙と思いながらも、素直に涙の噴きあげて来た愛国のこゝろを、志村はひそかに自分でうなずくのである。敬虔な気持ちで陛下の吃り吃りの声を聞いた。宗教的ななまりの強い声であった。子供の頃、田舎できいた神主ののりとのような声でもあった。志村はダダノフにはかまわずにハンカチを眼にあてて静かにうなだれて泣いていた」

敗戦で世の中の考え方は一八〇度転換するが、芙美子の偉いところは、左翼思想に行かなかったことだ。

昭和二二（一九四七）年の「夢一夜」にこう書く。

「ラジオはひどく先鋭化してしまい、共産党へ戻った人達の激しい講演が毎日続いていた。（略）菊子は、戦争最中よりもいっそう怖ろしい気持ちでラジオに耳をかたむけていた」「日本での、いわゆる左翼と云う人達の、所説に耳をかたむける時、何と云う人間を無視した云いかたであろうかと反発する思いがさきにきた。怒号の声は臆病な者の心をすくみあがらせる為にしか役立たない」

同年の「うず潮」には、こうある。

「この戦争が、あらゆる人間の生涯を裏切ってしまった」

「新聞雑誌は、病的に派手なあつかいかたで、官吏や工員のストライキを報じている。世の中は左翼万能になったのではないかと思われるような気配もある。だけど、その渦巻のなかで、善良な庶民だけが、こつこつと中庸の平和をとりもどしている」

「労働問題なンかはなかなか活発になっているのに、戦争未亡人とか、引揚者の未亡人なンかの問題は、案外ぱっと燃えていないというのは、日本の女性がおとなしすぎるンだわ。この数年の間に、きっと、すさまじく転落してゆく未亡人も沢山出来て来ると思うと、本当に、何とかしてもらわなくちゃァと気がもめるンだけど……」

これは、主人公・千代子の女学校時代の英語教師、谷村女史の言葉である。千代子自身が戦争未亡人だ。

まさに、これが芙美子が戦後、精魂を傾けるテーマである。

偉そうな婦人代議士は一刀両断

転落していく女たちに目を向ける一方で、芙美子は女権拡張運動にはくみしない。

昭和二〇年一二月一七日、衆議院議員選挙法が改正され、婦人参政権が認められた。翌二一年四月一〇日、帝国憲法下で最後の衆院選実施、婦人議員三九人が当選した。

彼女たちに対し、芙美子はさっそく「作家の手帳」（昭21・7—11、雑誌連載）で批判している。

「昭和二十一年五月十七日、この日の或る新聞を私は何気なく見てゐました。裾模様〔注：和装の礼服や訪問着〕を着た婦人の代議士が五人ばかり、議会の廊下を歩いてゐる姿のスナップです。その写真をぢっと見てゐるうちに、私の瞼に、昨日品川駅で見たぼろぼろの服を着た四名ばかりの復員の兵士の姿がふっと浮んで来ました。さうです。私たちの国は戦争に敗れ、あらゆる都市が何も彼も滅茶苦茶になり、人達は本能的に、北から南へ、西から東へ、食糧を求めて漂流してゐる国になってゐるのです。／この戦争は十年もつゞきました。／私はこの戦争を忘れることが出来ないのです。私にかぎらず、誰だってこの戦争は忘れてはならないと思ひます。裾模様といふものを一度も着たことない人の多い世の中に、時代ばなれのした、かうした議会の表情が、どんな思ひで敗戦国の婦人の心に暗くひゞいてくることでせう。私は裾模様を着る着ないといふことよりも、心づかひのない、婦人代議士の毛羽立った荒い神経に驚きを持ったのです」

偉そうな婦人代議士は一刀両断。痛快だ。

芙美子は徹底的に目線が低いのだ。

「私はこの戦争の悲劇を忘れてはならないと思ふのです。この戦争は何といふ長い月日をかけてゐたのでせう。私と同じやうに想ひを共にしてゐる女性の人たちに、日本にとって最大の悲劇であったこの戦争のかもしてゐた、様々な人間生活の弑せられてゐた暗黒な時代を書いてみたいと思ってゐるのです。自由も希望もない灰色な戦争！　考へただけでも、もう戦争は沢山です。希望や憧憬を見すててゐた長い戦争を、戦争が終ったからといって、すぐけろりと忘れてしまふといふことはあり得てはならないのです」

慰安婦は年季奉公の娼婦だった

戦後一番に発表した「吹雪」（昭21・1）をはじめ、「雨」（21・2）、「河沙魚《かわはぜ》」（22・1）、「下町《ダウン・タウン》」（24・4）といった短編は、戦死の知らせが来ていた男が実は生きていて復員するという設定で、運命に翻弄される庶民を描いている。

同じく昭和二一年『改造』六月号という早い時期に、短編「ボルネオ　ダイヤ」が書かれる。戦中のボルネオが舞台だ。

主人公の球江はまだ一八で、ふらふらとして思慮の浅い女である。退屈なので近くの桂庵（口入れ屋）を訪ねる。「熱海の旅館の主人だという女」から「窮屈な内地の生活のなかであくせくしているよりは、一つ南へ進出して働いてみてはどうかとうまいことを言われて、球江は急にそんな気になり、支度料としてその女主人から二千五百円の金を貰った」。二年の約束だ。

女主人と、球江ら女たち五人、そしてボルネオから迎えに来た日本人の男の計八人で船に乗っていく。球江のように「もののはずみで」来てしまったような女は例外で、「内地でさんざん苦労をした挙句の果てに来たと思われるような者が多かった」という。バンジェルマシンに着くと、「東京での約束とは何も彼も違っていて、ここでは体を犠牲にするということだった」。

「朝も夜もないような家のなかには、いつも将校や兵隊や軍属が詰めかけてい」て、下男が何度となく呼びに来る。どの部屋にも粗末な畳が敷かれ、上官用には床の間の部屋もあった。この調子で二年も勤めるのはたまらないと思う。

だが四カ月もたつと、「どの男も自分の前にはひざまずいてくる自信があった。いまの生活が球江にとって面白くないはずはない」と変わる。客の中に好きな男もできる。

現代人の〝常識〟からいけば、球江は明らかに慰安婦だが、作者は球江の立場を慰安婦とは呼んでいない。「ボルネオ　ダイヤ」の舞台は戦中なので、当時の現地では「慰安婦」とは呼んでいなかったのだろう。これまで見てきたように、芙美子は外地で春をひさぐ女たちについては、すべて「芸者」か「娼婦」という言葉を使っていた。

後述するように、昭和二四（一九四九）年の「浮雲」で初めて芙美子は、外地から引き揚げる芸者たちに対して「慰安婦」という言葉を使っている。

同じく戦争の残酷さを描くにしても、昭和二四年になると、零落した女たちの姿を描く短編の傑作が精力的に書かれる。

「骨」（昭24・2）は、若い戦争未亡人が売春するようになる話だ。生きていくために初めて客をとった夜、「いくら?」と聞かれても気おくれして金額すら言えなかったのが、だんだんとそんな暮らしにも慣れて、男にとって自分は大切な必要な存在だと思ううぬぼれで夜が待ち遠しいほどになる。その女の気持ちの変わりようが見事に描かれている。

「白鷺」（昭24・4）は、「満州行きの芸者募集に応募して、とみは、誰にも黙って満州へ渡って行った」回顧譚だ。とみは「軍人相手に殺風景な生活」ながら、美貌を生かして一〇年経つと一流の芸者になった。呉という地元の御曹司と恋に落ちて身請けされるが、ひいきの軍人たちが妨害する。宝清〔注1〕に身を潜めていたが、少佐が遣わした憲兵に発見される。呉は憲兵に騙されて射殺される、という凄まじい話だ。

〔注1〕芙美子は昭和一五年一月、真冬の満州を旅し、ソ連国境に近い東北部の佳木斯から、さらに小型飛行機で四五分の、宝清守備隊を訪ねている。宝清では実際に、日本料理屋で働く芸者たちに会っている（一七四ページ参照）。

そして、昭和二四年一一月から雑誌連載された「浮雲」には、のっけから「慰安婦」が登場する。

主人公の「ゆき子」は、昭和一八年一〇月から、仏印のダラットでタイピストとして働いていたが、敗戦で日本に引き揚げる。ちなみに、ダラットは気候の良い高原の避暑地で、敗戦時には南方軍総司令官の寺内寿一元帥がサイゴンの総司令部を離れ、中風に侵された七〇歳の体を癒やしていた（206ページ参照）。

引揚者たちは三日間、敦賀の収容所で調べを受けて、それぞれ故郷へ発つのだが、ゆき子は夜ふけの汽車が出るまで、ひとまず宿で休む。

隣の部屋から、一緒の船だった芸者たち数人の声が聞こえてくる。

この女たちが慰安婦なのだ。

季節は冬らしく、女たちは「寒くて心細い」と言いながら、「口ほどにもなく、案外陽気なところがあって、何がおかしいのか、くすくす笑ってばかりいる」。「やがて女達は、お世話さまになりましたと、口々に云いながら、おかみさんの後から廊下を賑やかに通って行った」

「ゆき子が、船で聞いたところによると、芸者達は、プノンペンの料理屋で働いていたのだそうで、二年の年期で来ていた。芸者とは云っても、軍で呼びよせた慰安婦である。――海防《ハイフォン》の収容所に集った女達には、看護婦や、タイピストや、事務員のような女もいたが、おおかたは慰安婦の群れであった。こんなにも、沢山日本の女が来ていたのかと思うほど、それぞれの都会から慰安婦が海防へ集って来た」

しかし、芙美子は慰安婦を特別視することもなく、第一章でこれを描写しただけで、片づけてしまう。あれほど広くアジアの隅々まで見て来た芙美子だが、女性としてなんら慰安婦に問題点を見出していなかったことが分かる。

芙美子は「白鷺」や「牛肉」（昭24・4）のように、〝商売女〟たちの転落を描くのも上

映画「浮雲」（昭和 30 年 1 月公開、東宝、成瀬巳喜男監督）2009 年、キネマ旬報発表の日本映画オールタイム・ベスト第 3 位

手だが、一般女性たちの転落は、ずっと深刻だった。

「浮雲」は、ゆき子が仏印に林業技師として来ていた富岡と出会うことから始まる。仏印では帰国したら一緒になる約束をしていた二人だったが、戦後、別々に引き揚げ、妻子の元に帰った富岡の態度は煮え切らない。ゆき子は街で声をかけてきた米兵と付き合うようになる。パンパンにまで身を落とすのだ。ゆき子は富岡との腐れ縁の果て、ようやく辿り着いた屋久島で間もなく死んでしまう。

敗戦後、トカラ列島以南が日本から行政分離されたため、当時屋久島は国境の島だった。その日本の果てで主人公の女性を死なせて終わるというストーリーは、芙美子なりの意味を込めたものであろう。

「浮雲」は昭和二六年四月に連載が完結し、同月、単行本が刊行された。芙美子は二カ月後に亡くなる。

一四章　さよなら、マッカーサー

神と人とが一つになった瞬間

昭和二〇年八月一五日正午、天皇陛下がラジオを通じて「終戦の詔書」を国民に訴えかけたとき、日本国中が静まり返った。

「あのシーンとした国民の心の一瞬」は何だったのか。

そう問題提起したのは、長谷川三千子氏の『神やぶれたまはず』（平成二五年、中央公論新社、のち中公文庫）だ。

戦後の日本人は「あの静寂」を忘れ去り、そのあと「生の方へ歩き出した」ことだけを記憶の対象としてきた。誰もそのことに疑問を持たなかった。

ところが、「あの静寂」こそが日本の歴史上、最も重大な瞬間であったと、長谷川氏は戦後六八年も経ってから、コペルニクス的転換をしてみせた。いや、日本史どころではない。『あの一瞬』は『全人類の歴史』を通じてためしのないような一瞬であった」とまで言う。

林芙美子も、昭和二二年に発表した「夢一夜」の中で、そのときの「静寂」を書いている。北信州の山の中に疎開している菊子は、芙美子自身だと考えていい。

「八月になって、終戦の宣告を、ラジオで聞いた時には、菊子は意外な気がした。天皇みずからの声と云うものを始めて聴いた。一瞬、心を突きあげて涙が溢れた。山の村じゅうが、森として静かになった気がした。その静かな山村に、聴えるものは、蟬の声と、ものうげな山鳩の鳴く声だけであった」

どうして「あの静寂」が日本の歴史上、最も重大な瞬間であったのか。長谷川氏の答えを言おう。

昭和二〇年八月一五日正午、天皇＝神が自らの命を国民に差し出したのだ。ポツダム宣言の受諾とは、日本人一億人の死を意味するほどのものだ。私も死ぬから許してくれと。

「ただ、蟬の音のふりしきる真夏の太陽のもとに、神と人とが、互ひに自らの死を差し出し合ふ、沈黙の瞬間が在るのみである」

その瞬間、神と人とは直結した。一つになった。日本人は戦争には敗北したが、「本当の意味で、われわれの神を得たのである」。

日本の歴史上、国民全体の命を救うために、命を差し出した天皇はいなかった。なにしろ、戦争に負けたことがないのだから。

昭和天皇は命を差し出した。

もちろん、結果的には天皇は罪に問われず、殺されることもなかった。しかし、八月一五日正午の、あの瞬間は、真実そうだったのだ。

だから国民は静まり返り、号泣し、皇居にひれ伏した〔注1〕。

〔注1〕当時二三歳の医学生だった山田風太郎は八月一五日、友人三人と町の大衆食堂で玉音放送を聴いた。「みな、死のごとく沈黙している。ほとんど凄惨ともいうべき数分間であった」。食堂のおばさんは、うつ伏して嗚咽する。「お可哀そうに……天皇さま、お可哀そうに……」(『戦中派不戦日記』)。櫻本富雄『文化人たちの大東亜戦争』には、敗戦直後(八月一五日以降三一日ごろまで)の文化人たちが朝日新聞に寄せた文章が多数収録されている。タイトルだけ拾っても、「一億の号泣　高村光太郎」、「詔書拝誦　臣　斎藤茂吉」、「英霊に詫びる　大佛次郎」、「慚愧の念で胸さく　吉川英治」という調子だ。特筆すべきは女性解放運動家の市川房枝だろう。「初めて玉音を拝する尊さ、かほどまで

宸襟を悩まし奉った事に対しての臣子としての自責の念で泣かぬものは一人もいなかった（略）戦争が済んでよかった等と考えた婦人が全くなかった事は心強い限りであった」

魂を揺さぶられたマッカーサー

日本国民以外にも、「命を差し出した天皇」に感銘を受けた人物がいた。

連合国最高司令官ダグラス・マッカーサー。

八月三〇日に神奈川県の厚木飛行場に降り立ち、皇居前の第一生命ビルをＧＨＱ本部として執務を開始したマッカーサーは、九月二七日、米国大使館を訪れた昭和天皇と会見した。

終戦当時、鈴木貫太郎内閣の内閣書記官長だった迫水久常は、数々の貴重な証言を残している（『別冊正論24 再認識「終戦」』）。

「元帥は初めて天皇陛下にお目にかかったとき陛下の御徳に接し、これはどうしても日本の皇室を残さなければならないと決心したそうであります」

「この会見のとき陛下は御自分のことは何も仰せられず、自分はどうなっても構わないが、国民はどうか飢えさせないでほしい、と申されたのに対し、元帥は最後に『陛下』という言葉を遣って陛下を必ずお守り申上げることを誓ったと伝えられて居ります」

迫水証言はしごくあっさりしているが、「自分はどうなっても構わない」という言葉は、マッカーサーによると、もっと荘重で重い意味を持っていたという。

「天皇の口から出たのは、次のような言葉だった。『私は国民が戦争遂行にあたって、政治、軍事両面で行なったすべての決定と行動に対する全責任を負う者として、私自身をあなたの代表する諸国の採決にゆだねるためおたずねした』」（袖井林二郎『マッカーサーの二千日』中公文庫所収の『マッカーサー回想記』）

そして、マッカーサーは天皇の言葉に深く感動した。

「死をともなうほどの責任、それも私の知り尽くしている諸事実に照らして、明らかに天皇に帰すべきではない責任を引受けようとする、この勇気に満ちた態度は、私の骨のズイまでゆり動かした」（同）

ポツダム宣言受諾で、天皇＝神が自らの命を差し出したとき、国民は静まり返り、号泣し、ひれ伏した。ラジオ放送を通じてさえ、そうである。命を差し出す実際のお姿に触れたマッカーサーは、骨の髄まで震えた。その感動、感銘が日本国を救った。

マッカーサーは天皇制の存続を心に決めた。

しかし、状況はよくなかった。再び迫水証言を見よう。

当時、ワシントンにある連合国の委員会で、日本の憲法改正を議論していたが、天皇制廃止という線が出ていた。これを案じたマッカーサーは急きょ、日本国憲法を立案し、この線に沿って自発的に憲法改正を発議するよう日本政府に申し入れてきたという。連合国委員会で天皇制廃止を決めてしまってからではどうにもならないというのだ。昭和二一年二月のことだ。

幣原喜重郎首相は当惑しながらも天皇陛下にその旨を奏上した。陛下は「これでよいのではないか」と仰せられた。こうして急いで憲法ができたというのだ。よく現憲法を批判するときに「一週間で作った」という常套句があるが、急ぐべき事情があったのだ。

前出『マッカーサーの二千日』は、もっと詳しく、緊迫感をもって描いている。

マッカーサーの元には、本国の国務・陸軍・海軍三省調整委員会が一九四六年一月七日付で採択した日本改革の根本方針が打電されていた。それには「日本人が天皇制を廃止するか、あるいはより民主主義的な方向にそれを改革することを、奨励支持しなければならない」とあった。

一一カ国による極東委員会の発足も二月二六日に迫っていた。天皇制を存続するというマッカーサーの決意も、ソ連やオーストラリアの拒否権にあっては、どうすることもできなくなる。

マッカーサーは二月三日、「①天皇の地位は国民主権に基づく②戦争放棄③封建制度の廃止」の三原則をGHQ民政局長に示し、憲法草案の起草を急がせた。あとは迫水証言同様に進行し、三月六日、日本政府は憲法改正草案要綱を発表し、マッカーサーは支持を表明した。出し抜かれた極東委員会は抵抗するものの、マッカーサーは既成事実として昭和二一年一一月三日の新憲法公布まで強硬に押し通した。

この「戦争放棄」について林芙美子は、「作家の手帳」（昭21・7—11）で、「五十年位もたつて、いま生きてゐるすべての私達が土の下にはいってしまった頃、未来の子供たちは、兵隊のゐない私達の国を不思議に思ふことでせう。その時にこそ、こんどの長い戦争がどんなに悲劇で苦しかったといふ話を長老はしてきかせなければならないでせう」と理解を示している。

あれだけ「兵隊が好きだ」と言っていた芙美子が、それでいいと考えている。子供たちが軍隊不在を不思議に思ったら、「こんどの長い戦争がどんなに悲劇で苦しかったといふ話を長老はしてきかせなければならない」というのだ。

しかし、ここで芙美子ひとりの心変わり、変節を責めても仕方あるまい。日本人全員がそうだったというのだから。

「一つの国、一つの国民が終戦時の日本人ほど徹底的に屈服したことは、歴史上に前例をみない」「幾世紀もの間、不滅のものとして守られてきた日本的生き方に対する日本人の信念が、完全敗北の苦しみのうちに根こそぎくずれ去ったのである」（『マッカーサー回想記』前掲書所収）

軍人・兵士だけではない。民間人まで徹底的にやられたのだから。

米軍の原爆によって広島一四万人、長崎七万人、原爆以外の空襲では東京の一〇万人をはじめ全国で二〇万人が死亡。沖縄戦では民間人九万四千人が亡くなった。

この数字は死者だけである。ここに負傷者を入れたらどうなるか。

これだけ徹底的、残虐にやられれば、「屈服」「完全敗北」も当然だろう。

日本が弱かったのではない。これら民間人殺害はすべて戦時国際法違反である。

さらに終戦後はソ連によって、満州では引き揚げ時に二四万五千人、シベリア抑留では五万五千人が犠牲になった。

支那事変以降の戦没者の総数は、およそ三一〇万人とされている。

連合軍は戦犯の遺骨まで持ち去った

連合国最高司令官ダグラス・マッカーサーは昭和二一年一月、戦争犯罪（平和・人道に対する罪、戦争法規違反の罪）を審理処罰するための「極東国際軍事裁判所の設立に関する命令」を発し、四月、A級戦犯容疑二八人に関する起訴状が発表され、五月三日に裁判が開始された。

二年半の審理を経て判決は同二三年一一月一二日に下され、途中死亡などで除外された三人を除く全被告が有罪とされ、東條英機ら七被告は同年一二月二三日、皇太子（平成の今上天皇）の誕生日に合わせて処刑された。

前章でも取り上げた林芙美子の「骨」（昭24・2）は、東京裁判での「骨」をめぐる、若い戦争未亡人の呟きから始まる。

「骨を返してくれッて、おかしい事もあるものだわ。骨を下げて貰って、あの大臣の奥さんはいったいその骨をどうするつもりなのだろう……。じいっと眼をつぶっていると、道子は涙が眼尻に熱く湧きあがって来た。こんな心は鬼になったのかもしれないけれども、空っぽの、良人の骨箱を貰ってこのかた、自分の人生はくるりと変わってしまったのじゃないかと、道子は、それ以来泥んこの道を歩いて来たことを頭に浮べる。人に聞いてみても、案外、心からは同情してはくれない。――戦犯大臣が死刑台に立って死んだあと、その骨を貰いたいと大臣の夫人が嘆願していると云うことを新聞で見たけれども、道子はその記事を見て、急にわあっと声をたてて泣きたくなっていた」

この大臣夫人とは誰か。

児島襄『東京裁判』（中公新書）に答えはあった。

処刑当日の朝、巣鴨拘置所で、重光葵《まもる》元外相（判決＝禁固七年）は異変を察知した。

「黙々と殺され行くや霜の夜／哀悼の一句を詠んだ重光元外相は、東条大将の弁護人ブルーエットが嘆いていた言葉を思いだした。東条夫人勝子が、切に大将の遺骨引渡しを望んでいるが、マッカーサー総司令部は頑として応じない、というのである。その後、ブルーエット弁護人は東条夫人の名前でマッカーサー元帥に嘆願書をだすといっていたが、どうなったであろうか……。／東条夫人は、嘆願書をだしていた。軍人の家族の一員として、夫の死刑についてはなんの異議もないが、せめて夫の遺骨は日本の慣習と宗教によって葬らせていただきたい、という趣旨である。しかし、好意ある回答は得られず、あきらめていた」

孫である岩浪由布子『祖父東条英機「一切語るなかれ」』（一九九五年、文春文庫）に、遺骨の話が出ている。
「祭壇には異国で戦死した軍人さん同様、遺骨は無かった。連合軍はA級戦犯七人の遺骸を焼いたあと、灰だけ残してすべての遺骨を持ち去った。そして太平洋に遺骨をばらまいたという。／A級戦犯が処刑された後、五十三名のBC級戦犯が巣鴨拘置所で処刑され、やはり久保山火葬場でダビに付されたが、遺骨はA級戦犯と同様にすべて持ち去られたという」

昭和一八年五月五日、シンガポールからマニラへ飛び、東條英機首相を迎えて「涙してこの大いなる歴史にひれ伏す」と感激の詩を書いた芙美子が、東條夫人のたっての願いである遺骨引き渡しに対して、「おかしい事もあるものだ」とは、たとえ登場人物の言葉としても冷ややか過ぎるのではないか。

これも「日本人に戦争犯罪者意識を刷り込む計画」（WGIP）の効果というべきか（第八章参照）。

関野通夫『日本人を狂わせた洗脳工作《WGIP》』によると、朝日新聞は民間情報教育局（CIE）の「手先にされた」というから、戦争中、朝日新聞との関係が深かった林芙美子にも、なんらかの影響はあったのかもしれない〔注2〕。

〔注2〕月刊『正論』平成三〇年二月号、高山正之氏と小川榮太郎氏の対談で、高山氏は「(朝日新聞の) 笠《りゅう》信太郎は戦時中からアレン・ダレス（後のCIA長官）とスイスで会っていた。アメリカの国務省と朝日新聞の間にはずっと強い紐帯があった」と語っている。また、笠の辞任の理由が驚くべきものだ。「一九六一年、ダレスがピッグス湾侵攻作戦の失敗で失脚したためか、その後ろ盾を得ていた笠は、翌六二年に論説主幹を辞めることとなった」というのだ。「CIAの対日工作者としては最古参の一人にして中心的な存在でありながら、岸信介と同様、笠の機密ファイルは未だ公開されておらず、CIAとの協力関係の全貌は不詳である」とある。『別冊正論15中国共産党』の勝岡寛次「共産主義者が主導した戦争翼賛体制～近衛首相ブレーン集団の真実」によると、笠信太郎は朝日新聞で尾崎秀実の同僚であり、マルクス主義経済学における昭和研究会の中心メンバーだった。常に「自分の理論の中心は結局、所有と経営の分離にある」と言っていたという。

東京裁判に疑いの言及なし

ヘンリー・S・ストークス『戦争犯罪国はアメリカだった！　英国人ジャーナリストが明かす東京裁判70年の虚妄』（ハート出版）が明らかにするように、東京裁判は講和条約締結前、つまり戦争期間中に戦時捕虜を処刑したので、明白な戦時国際法違反であった。

しかし、当時の日本人は、もちろんそんなことは知らなかった。

「浮雲」には、ゆき子と富岡のこんな場面がある。

「ラジオは戦犯の裁判に就いての模様だった。ゆき子はそのラジオを意地悪く炬燵の上に置いた。富岡は急にかっとして、そのラジオのスイッチをとめて、床板の上に乱暴に放った。

『何をするのよッ』

『聞きたくないンだ』

『よく聞いておくもンだわ。誰の事でもありゃしないでしょ？　私達の事を問題にされているンでしょう？　だから、あなたって、駄目ッ。甘いのねえ……』」

ゆき子はもちろん、富岡も仏印には仕事で行っていて、兵隊で戦ったわけではない。それなのに、戦犯は自分たちの問題だという。日本人は皆、戦争に責任がある。当時いわれた〝一億総懺悔《ざんげ》〟だろうか。

文官で唯一、極刑に処された広田弘毅元首相とは、芙美子は昭和六年、駐ソ大使の広田に直接は渡していないものの、外交文書を運んだ強烈な思い出があり、なんらかの感慨があってよさそうなものだが、言及はない。

また、南京戦の司令官だった松井石根大将についても、芙美子は一足違いで、南京では会ってはいないとはいえ、一言くらい欲しい。というのも、松井大将は、東京裁判の五五の訴因のうち五四で無罪だった。唯ひとつ有罪となったのが「不作為の罪」。南京での「大虐殺」を制止するための行動を取らなかったという罪で、死刑に処せられたのだ。存在しなかった「大虐殺」を防ぐために何もしなかったという理由で死刑？

だからこそ、芙美子には一言くらい弁護の言葉を残してほしかった。

だが、さすがの芙美子も、当時はそうした弁護などできなかったのだろう。せめてもう少し長生きしていれば、なにか発言できただろうにと思うと、残念だ。

早く朝鮮の土地を平和にして

芙美子には「さよならマックアーサー元帥」（『オール読物』昭26・6）という一文がある。同年四月一一日のトルーマン大統領によるマッカーサー解任を受けてのことだ。

「コーン・パイプと、マ元帥の印象は、私に強く焼きついている。あの日から、何となく、このひとと苦労を共にして来た感じが深いだけに、マ元帥の解任は意外であり、とても淋しかった」

「日本は、当分は、このままの姿でゆけるものであろうか、どうであろうかと、ふっと、前途が案じられて来る。もう、日本の事なぞ、かまっていられなくなったのかしら……。

また、何処からともなく、違う国が兵を押しすすめて来るのではないかという不安も感じられた」

「アメリカ政府は、色んな意味をこめて、マ元帥を解任したのであろう。これが、アメリカの強い政治なのだと教えられた。／これが、日本だったら、どんな事をしても、情実に引きずられて、どん底まで行きつく政治に落ちこんでゆくのかも知れない。今度の太平洋戦争の頃でも、国民の声が、陛下にぢきぢきに呼びかける事が出来たら、あの戦争は、とっくの昔に終わっていたかも知れない」

「後任のリッジウェイ中将は、マ元帥が、荒地だった日本を耕作した後に来られて、これから種の植えつけを上手にやって貰えるものと信じるのだが、何よりも、早く、朝鮮の土地を、平和にして貰いたいと私は思う。／私は、平和な朝鮮へ、早く日本人も旅行出来るような時節が来るといいと思っている。京城の秋や平壌の春を思い出すたび、なつかしくてたまらない。隣り近所が平和でなければ、いくら日本が、毎日食べてゆけるにしても、食べるものは、ろくろくのどへ通らないのではないだろうか」

しかし、なんと芙美子の懸念から七〇年近くたっても、状況は変わっていないのである。

前出の岩浪由布子『祖父東条英機「一切語るなかれ」』に、東條英機の遺書が収録されている。そこには、東條の驚くべき予言が書かれている。

「第三次世界大戦に於いては極東、即ち日本と支那、朝鮮が戦場となる」

これは正に、われわれが今、直面していることではないか。

「今次戦争の指導者たる米英側の指導者は大きな失敗を犯した。／第一に日本という赤化の防壁を破壊し去ったことである。／第二は満州を赤化の根拠地たらしめた。／第三は朝鮮を二分して東亜紛争の因たらしめた。米英の指導者は之を救済する責任を負うて居る」

まさしく、米英が抗日容共の蒋介石を支援して、結果的に中国共産党を育てたのは大きな間違いだった。全く逆で、日本を防共の盾として支援して、中国共産党を倒すべきだったのだ。その過ちが今の世界情勢を招いている。

アメリカも内心、悔いていることだろう。

引揚者を慰めた林芙美子の本

マッカーサー帰国から二カ月ほどたった六月二七日、「主婦の友」の企画「名物食べ歩き」の一回目の取材を終えて、芙美子は午後九時半すぎに新宿区中井の家へ帰宅した。

送った編集者によると、心臓病を抱えた芙美子は家の後方の階段を下りるとき、腕につかまってかなり苦しそうだったという。

その深夜、二八日の午前一時ごろ、芙美子は心臓麻痺のため急逝した〔注3〕。

〔注3〕当時二九歳で専業作家となっていた山田風太郎も驚いている。「夕刊にて林芙美子狭心症にて急死（今朝一時）せるをしりびッくりする。ああ現代女流作家中平林たい子とならんで最大の有能者は幻のごとく忽然としてゆけり」（『戦中派復興日記』小学館文庫）

林芙美子の告別式に集まった大勢の人々
（昭和26年7月1日、東京都新宿区中井2丁目）

七月一日、自宅で行われた告別式には、一般庶民が大行列したという。

弔辞を読んだ平林たい子は「こんな祭礼のようなお通夜ははじめてみた」と驚いた。森田元子も「その群れ集まる人々の中には子供を背中におんぶした町の主婦もあれば、老いも若きも、それがどう考えても死ぬ前の林さんを身近に知っていた人々とは思われぬ人々の姿なのであった」と記している。葬儀委員長の川端康成も、自分は死んでも葬式はいらないが、芙美子さんのような葬式になるならいいと、うらやんだほどである。

筆者は平成一六（二〇〇四）年一〇月、東京都新宿区中井にある林芙美子記念館を初めて訪れた。昭和一六年八月から、芙美子が急死する二六年六月までの、およそ一〇年間を暮らした家が、そのまま残っている。ゆったり堂々とした構えで、こんな家に一度は住んでみたいと思わせられる。

夫の緑敏のアトリエが展示室に改装されており、寄せ書き帳が置いてあった。たまたま開けたところに、台湾から昭和二一年に引き揚げてきたという大正一三年生まれの女性が「私の苦しかった引揚者の生活は、林芙美子さんの本によってとてもなぐさめられ、苦しさを忘れたものです」と書いていた。同世代の筆者の義母（朝鮮・群山からの引き揚げ）も、全く同じことを言っている。

おわりに——伯父は特攻隊員だった

平成二九（二〇一七）年八月、山口県周南市の回天記念館に行った。福岡県小郡市の自宅から徳山港まで車で三時間。さらに船で大津島に渡る。

記念館でじっくり展示を見た後、館の方（館長だった）にダメモトで「伯父が回天の隊員だったのですが、なにか資料みたいなものは残ってませんよね」と尋ねた。

すると名簿を持ってこられたので目を凝らす。

あった！　伯父の名が。確かに大津島の基地にいたのだ。

三重航空隊奈良分遣隊で予科練教育を受けた後、大津島に来たこと、転出していないので八月一五日の敗戦は大津島で迎えたことも分かった。

館長によると、「おじいちゃんが、とか、家族親戚の誰々が回天に乗っていた、と話していたんですけど」と尋ねてくる人は多いが、名簿に名前がなく、実際には、回天と何も関係がない人ばかりであるという。回天は特攻兵器なので、乗っていたと言いたがる人がいるらしい。申し出どおりに名簿で確認されるのは珍しく、一〇年以上勤める館長にとっても、まだわずか三人目くらいだそうだ。

私も、伯父が亡くなって三〇年近くたってから、回天について詳しく知りたいと思ってやってきた。伯父は時折、「俺《おい》は戦争の時、回天に乗っちょったと。人間魚雷の回天よ」と話していたからだ。その言葉の真偽を確認するために来たのではなかったが、伯父の言葉に間違いなかったのは、やはりうれしかった。

伯父宮田正春は大正一四（一九二五）年五月一日、鹿児島県肝属郡串良町有里という農村で、長男として生まれた。

有里には串良海軍航空基地があった。近くには鹿屋航空基地もあり、こうした環境が、大いに正春少年に影響を与えたと考えられる。

正春は昭和一八年一二月、鹿児島県立鹿屋農学校を卒業しているが、在学中の六月に海軍甲種飛行予科練習生（110―111ページ参照）一三期に願書を出したようだ。七月に学力試験、八月にはおそらく鹿屋か鹿児島の航空隊で身体検査を受けた。一三期は一〇月一日付の前期と一二月一日付の後期とに分かれて入っており、正春は農学校との関係から後期だろう。

正春はもちろん飛行機乗りに憧れていただろうが、昭和一九年二月、人間魚雷「回天」の試作が始まっていた。「日本海軍が組織的に特攻作戦を採用する第一の狼煙《のろし》」だったという（『戦史叢書』）。特攻は飛行機が最初ではないのだ。一三期の修業年限は一〇カ月だったというから、正春は同年八月から募集が始まった回天搭乗員にさっそく志願したのだろう。

そして終戦。二〇年九月に復員した。父親が翌年亡くなったため、二一歳になったばかりで、継母と弟妹七人を抱える一家の長となった。

幸い、地元串良町の農業会技手の職を得て（二一～二四年）、結婚もした。阿久根市農協の園芸技手を挟んで、二八年からは鹿児島市役所に勤める。中央卸売市場の事務所が長く、三八年から四九年まで在職した。地元紙の夕刊に「買いごろ食べごろ」という企画を長く連載した。私はのちに、この新聞社に入る。

正春は四九歳で人生を賭けた勝負に打って出る。鹿児島市役所を退職し、昭和五〇（一九七五）年四月の鹿児島県議会議員選挙の鹿児島市区に立候補したのである。保守系無所属。定員一三人に対して二〇人が立候補した。

結果は落選。〝落選仲間〟には、今や参議院の重鎮で「みんなで靖國神社に参拝する国会議員の会」会長の尾辻秀久氏（当時三四歳）がいる。

居間に西郷隆盛の肖像を掲げ、焼酎が好き。豪快で男らしく、大好きな伯父だったが、やはり落選後は元気なく生涯を終えた気がする。そんなとき、回天特別攻撃隊員だったことは誇りだったのだろう。時折、線の入ったキャップを被っていたが、あれは海軍の帽子ではなかったか。かと言って、いきがったり、「特攻隊の生き残り」を鼻にかけるわけでもなかった。

生前もっと「回天」や戦争について聞いておけばよかったと悔やまれる。今にして思えば、私も東京裁判史観やＷＧＩＰにどっぷりと毒されて、日本軍には関心が持てなかったのだ。新聞記者だったから、むしろ日本軍の〝悪行〟になら興味が湧いたかもしれない〔注1〕。

〔注1〕地方紙も共同通信の記事を使っているので、どうしても「反日紙面」になりがちだ。日下公人編『誰も書かなかった「反日」地方紙の正体』（産経新聞出版）参照。

伯父は聞いてもらいたかったのだろうが、「人間魚雷の回天よ」と言っても誰も尋ねないから、話はいつもそのまま宙に浮いた。

林芙美子と交流のあった坂口安吾は「私は戦争を最も呪う。だが、特攻隊を永遠に讃美する」（「特攻隊に捧ぐ」〔注2〕）と書いている。今では私も、その言葉に共感する。

〔注2〕実業之日本社の雑誌『ホープ』昭和二二年二月号にいったん組まれながら、GHQによって全文削除された。同社文庫『堕落論・特攻隊に捧ぐ』（二〇一三年）の解説には、大きく×印のついた初校ゲラの写真まで載っている。

私の目を覚ましてくれたのは韓国だ。韓国があまりに口汚く日本を罵るので、「日本って、そんな悪い国かな」と疑問に思い、いわゆる歴史認識の問題を詳しく調べるようになった。そうしたら、とんでもない。事実はすべて逆で、日本がいかに正しい、誇れる国か確信することができた。

自身の反省を込めて、本書は大東亜戦争の戦死者・戦没者はもちろん、伯父のように祖国日本を守ろうと命をかけたすべての人に捧げたい。また、亡き両親のような昭和ヒトケタ世代＝当時の子供たちも、死と紙一重に生きた苦労は察するに余りある。

この人たちを、同じ日本人が否定し、貶めることがあってはならない。

なお、執筆するにあたって役立った、先人の研究には感謝あるのみです。それらは文中にそのつど記しましたので、参考文献は掲げませんでした。

ただ、刊行物の入手が困難で、国立国会図書館デジタルコレクションで閲覧・複写できるものについては、読者の便宜上、次に挙げておきます。

林芙美子の作品では『私の昆虫記』『心境と風格』『悪闘』、その他は順不同で『東條英機宣誓供述書』『東京裁判判決』『中華民国維新政府概史』『汪精衛自叙伝』『外交時報』『日本植民地要覧』『支那観』『文芸銃後運動講演集』『毎日年鑑・昭和十四年版』『別冊新聞研究(一九八二年七月)』。

また、『特高月報』は国立公文書館デジタルアーカイブで見ることができます。

本書の第八章は、『正論』平成三〇年七月号に発表した「林芙美子は『南京大虐殺』を見たか」を大幅に加筆修正しました。

最後に、出版の機会を与えて下さった株式会社ハート出版の皆さまに、深甚の感謝を申し上げます。

◇著者◇
宮田俊行（みやた・としゆき）

昭和32（1957）年、鹿児島県鹿屋市生まれ。鹿児島市で育つ。

鹿児島県立鶴丸高校、早稲田大学法学部卒業。

現在まで40年続く早大『マイルストーン』創刊初期メンバー。情報誌の『ぴあ』が伸びて月刊から隔週刊に移行する時期にアルバイトし、サブカル系の人たちに多数インタビューする。

南日本新聞（本社・鹿児島市）に26年余り勤め、枕崎支局長、奄美大島支社長、文化部デスクなど記者一筋。社会部記者時代の昭和63年には、年間企画「火山と人間」取材班として日本新聞協会賞を受賞した。早期退職後は、京都造形芸術大学通信教育部文芸コースを卒業して芸術学士を取得。東京都新宿区立赤城生涯学習館長を1年務めた。

伝記『林芙美子「花のいのち」の謎』（平成17年、高城書房）、小説『「花のいのち」殺人事件』（平成23年、海鳥社）、そしてノンフィクションの本作で“林芙美子三部作”を完結した。

福岡県小郡市在住。

カバー写真
〔表側〕南京・光華門に立つ林芙美子（昭和13年1月2日か）
〔裏側〕福岡・雁ノ巣飛行場でペン部隊と（昭和13年9月13日）

林芙美子が見た大東亜戦争

平成31年1月29日　　第1刷発行

著　者　　宮田俊行
発行者　　日高裕明
発　行　　株式会社ハート出版

〒171-0014 東京都豊島区池袋3-9-23
TEL03-3590-6077　FAX03-3590-6078
ハート出版ホームページ　http://www.810.co.jp

乱丁、落丁はお取り替えいたします（古書店で購入されたものは、お取り替えできません）。

ISBN978-4-8024-0072-5　　印刷・製本 中央精版印刷株式会社

大東亜戦争と高村光太郎

誰も書かなかった日本近代史

岡田年正 著

ISBN 978-4-89295-983-7　本体 2000 円

戦争犯罪国はアメリカだった！

英国人ジャーナリストが明かす東京裁判70年の虚妄

ヘンリー・S・ストークス 著　藤田裕行 訳

ISBN 978-4-8024-0016-9　本体 1600 円

朝鮮出身の帳場人が見た 慰安婦の真実

文化人類学者が読み解く『慰安所日記』

崔 吉城 著

ISBN 978-4-8024-0043-5　本体 1500 円

[復刻版] 一等兵戦死

支那事変の真実を“日本軍の視点”で描いた昭和13年刊の名著

松村益二 著

ISBN 978-4-8024-0064-0　本体 1500 円

[復刻版] 敗走千里

支那事変の真実を“中国軍の視点”で描いた昭和13年刊の傑作

陳 登元 著　別院一郎 訳

ISBN 978-4-8024-0064-0　本体 1500 円

学校が教えてくれない 戦争の真実 日本は本当に「悪い国」だったのか

ふりがな･解説つきで読みやすい「親子で読む近現代史シリーズ」

丸谷元人 著

ISBN 978-4-8024-0008-4　本体 1400 円